南湖夜话

刘定富 著

武汉出版社

图书在版编目（CIP）数据

南湖夜话 / 刘定富著. -- 武汉 ： 武汉出版社，
2024.11. -- ISBN 978-7-5582-7236-3

Ⅰ．I217.2

中国国家版本馆CIP数据核字第2024VJ3344号

南湖夜话

NANHU YEHUA

著　　者：刘定富
策划编辑：王雨轩
责任编辑：赵　可
封面设计：康　妞
出　　版：武汉出版社
社　　址：武汉市江岸区兴业路136号　　邮　　编：430014
电　　话：（027）85606403　85600625
http://www.whcbs.com　　E-mail:zbs@whcbs.com
印　　刷：武汉市籍缘印刷厂　　　　　经　　销：新华书店
开　　本：710mm×1000mm　1/16
印　　张：13　　　　　　　　　　字　　数：240千字
版　　次：2025年1月第1版　　2025年1月第1次印刷
定　　价：78.00元

作者工作照

　　我七十岁就离开了自己的专业工作岗位，近几年在光谷的一家公司做一点技术工作。业余时间喜欢写一点散文和随笔，2018 年底正式出版了自传体长篇小说《飞鸿踏雪》，之后一发不可收，几乎每天都要对身边和社会上发生的重大事件发表一些看法和议论。五年下来，不知不觉撰写了 600 多篇散文和随笔，共计 100 多万字。

　　散文是一种抒发作者真情实感、写作方式灵活的记叙类文学体裁。散文的特点一是形散神聚，二是意境深邃，三是语言优美凝练、富于文采。散文短小优美，生动有趣。散文是最自由的文体，不讲究音韵，不讲究排比，没有任何的束缚及限制。

　　我的散文大致可以分为：以写人叙事为主的散文，主要是记人散文。它以人物为中心，但在刻画人物形象上与小说不同，不追求人物性格的完整，也不要求全面周致地描写人物命运，而是通过富有特征的细节、人生片段或性格的某一方面来寄情写意；然而我更多的还是以抒发感情为主的散文，抒发对现实生活的感受、激情和意愿。其基本特征是寓情于景，寓情于物，借物抒情，托物言志。也就是通过对景和物极尽其妙的艺术描写，抒发自己的主观感受和特定情思。这类散文多有含蓄和象征的成分。以一定的事物为对象，侧重于具体生动地抒发自己的情怀。

　　我这辈子因出差和讲学也走南闯北，同时感受了祖国大好河山。从雪域高原之巅到杏花春雨江南，从大漠孤烟塞北到碧海连天海角，从万里奔腾长河到山水田园牧歌，中国之美在山川、在湖海、在村落、在城市，在人与自然、在万物之灵。因篇幅有限，我只选用了《晋祠三绝》《云游故宫》《登岳阳楼》《登上香炉峰》《羊城早茶》《滕王阁赋》等。

　　我的散文和随笔中还有许多是哲理散文，哲理是感悟的渗透，思想的火花，理念的凝聚，睿智的结晶。它纵观古今，横亘中外，包容大千世界，穿透人生社会，寄寓于人生百态家长里短，闪耀思想领域万千景观。高明的作者，善于抓住哲理闪光的瞬间，形诸笔墨，写就内涵丰厚、耐人寻味的美文。时常涵咏这类美文，自然能在潜移默化中受到启迪和熏陶，洗礼和升华，这种内化作用无疑是巨大的。

　　经过反复斟酌，仅保留二十四万字的内容而结集成书《南湖夜话》。"夜话"是晚间的叙谈。唐朝白居易《招东邻》诗：小榼二升酒，新簟六尺床。能来夜话否？池畔欲秋凉。宋代苏轼《答周循州》诗：未敢叩门求夜话，时叨送米续晨炊。

　　《南湖夜话》记述的是平生挚友和有过交往的人。其中《著名剧作家习志淦》《文化学者陈伯安》虽然属于散文，也叫传记文。传记文学的特点是，以历史上或现实生活中的人物为描写对象，所写的主要人物和事件必须符合史实，不允许虚构。在局部细节和次要人物上则可以运用想象或夸张，作一定的艺术加工，但这种加工也必须符合人物性格和生活的特定逻辑。在这一点上，它有别于以虚构为主的小说。所写的人物生平经历必须具有相当的完整性。在这一点上，它有别于只写人物一事数事、突出性格某一方面的报告文学、人物特写等。它必须写出较鲜明的人物形象，较生动的情节和语言，具有一定的艺术感染力。在这一点上，它有别于普通的人物传记。传记文一般采用散文的形式和手法。

　　交稿之际，我要讲的是，我并非文学界人士，只是从小就"熟读唐诗

三百首"，十分喜爱传统诗词，也喜欢文学写作。我对文学界的朋友们与喜爱
文学的朋友们一而再、再而三地说过：严格来讲，我于传统诗词和文学写作，
对于行家里手，只能算个门外汉、槛外人。这是真心话，绝非客套话。我这
个搞理工科的，什么都讲究有个标准，毕竟我不是专职的文学创作人员。

　　我愿再次声明一下，尽管对收入本选集的散文和随笔作了仔细修改，但
这本选集，从行家里手看，一定还有不足之处。"嘤其鸣矣，求其友声"，衷
心希望得到朋友们的指教，以便改进与提高，我将不胜感激。

刘定富

2024 年 2 月 19 日于松涛书斋

目录

写人叙事篇

NANHU YEHUA

著名剧作家习志淦

我儿时的好友彭志淦（即习志淦），凭着自己的天赋和努力，现在已成为赫赫有名的剧作家。他从小就喜欢演戏，还记得读小学三年级的时候，我们几个同学在他家玩游戏，他总是带着我们演古装戏。

他是一个典型的"高干子弟"，就是人们常说的"官二代"。然而他父亲的那个高干，不是共产党，是国民党。1920年，他父亲习文德作为湖北省第二批赴法国留学的学生，就读于巴黎大学，与周恩来、聂荣臻、李富春等人都在一个国民党驻欧支部。后来因为选择的道路不一样，所以就有了不同的人生道路，正所谓"异国同窗不同志，分道扬镳谊尚存"。

1949年，国民党兵败山倒。他父亲即随着蒋介石去了台湾，留下了他妈妈和五个没有成年的孩子在大陆。他的母亲毕业于湖北教育学院数学系本科，曾任职武汉市第十中学数学教师。由于政治运动的冲击，被贬为一般职员。反右期间，他的母亲因为"海外关系"被学校开除回家，在街道上捶石头。11岁那年，为了帮母亲减轻负担，习志淦考入了湖北省戏曲学校。因为那个时候进戏校吃饭不要钱，每个月还有五块零用钱呀。

毕业后，他被分到汉剧科。汉剧是湖北的一个地方剧种，今天的京剧就是二百年前由汉剧和徽调合并演化而来的。汉剧分为十大行，一末、二净、三生、四旦、五丑、六外、七小、八贴、九夫、十杂。俗话说，一末到十杂，烧火带引伢。是指它行当分得很细很全面。

　　他因为嗓音高，被分到二净行当。他的师傅是一位辛亥老人，他为了练习汉剧二净的"边音"，把原本好好的嗓子喊坏了，不能演主角，专门跑龙套。将来怎么办呢？苦恼伴随着他，只有从文化课上找出路。

　　1963 年全国开始演现代戏，他的命运有了转机：因为喜欢文学，对人物理解比较深，而现代戏主要讲人物内心活动，他饰演的一些角色得到了校长的肯定，也开始演一些主角了。不过，那时为了宣传毛泽东思想，他也跟其他人一样，从写小节目起家，开始了创作。后来湖北戏校变成了湖北省京剧团。他这个汉剧科学生，因为能写点东西，被军代表留在了京剧团，便与京剧结下了不解之缘。

　　从 1970 年京剧团成立起到 1980 年，十年期间，他每年有八个月"下生活"，当农民、工人，体验生活，也写过不少东西，却没有一部能保留下来。

　　然而，在长期的"生活"中，他却学到了许多其他的东西：一是看到中国社会最底层人的生活，二是在特殊环境里接触到了许多"非主流"价值观的作品。直到党的十一届三中全会拨乱反正，文艺思想得到了解放，他的创作也才走上了正道。

　　1981 年他与郭大宇合作，完成了京剧《徐九经升官记》。当时全国有一百多个剧团移植上演，湖北省京剧团演出达七百多场，获奖无数，久演不衰，迄今整整三十五年了。我们湖北戏曲界也从这出戏开始，被北京的专家称之为"鄂军突起"，在全国戏剧界占有了重要的一席之地。

　　1984 年，他与余笑予、谢鲁老师合作的京剧《药王庙传奇》在全国会演中，获得七项大奖。1988 年全国第一届京剧会演，他参与创作的《膏药章》和《洪荒大裂变》两部剧同时获奖。《膏药章》是从一个小人物命运，反映了辛亥革命大主题。《洪荒大裂变》则是一部上古神话剧，对京剧改革探索提出了许多带挑战性的课题，掀起了戏曲界"洪荒大裂变现象"的大讨论。

　　1990 年他在台湾的继母去世，他遵遗嘱赴台为其奔丧并继承遗产。那时候他已经调到湖北省汉剧团。在台北"湖北同乡会"理事会上，他向老兵们汇报了"鄂军突起"的湖北戏剧形势，并提出了"办理湖北省汉剧团赴台湾演出"的动议，得到他们热烈响应。从此，他开辟了自己剧本创作的新领域，并于 1993 年实现了湖北省汉剧团赴台演出的心愿。

迄今为止，他已有二十七部大戏在海峡两岸上演，其中为台湾同行创作了十三部。有些戏至今仍还被有关单位作为保留剧目继续在上演。前几年，台湾举行一个国际性的戏剧学术会议，对方把他的《美人涅槃》作为首场招待演出，迄今仍作为保留剧目。

当代著名剧作家习志淦，在戏曲上的开拓创新为新时期传统戏剧的发展做出了重要贡献，习志淦所塑造的喜剧人物以"丑"为大，他喜剧中的"丑"是一种独特的美与丑的综合体，作者塑造了丰富多样的人物形象和独具一格的喜剧性格。"丑"的人物性格大致分为两类：肯定性的喜剧性格和否定性的喜剧性格。习志淦在这两种喜剧性格的描写中注重对人物人性的深入开掘，让"丑"更富特质，无论是肯定性喜剧性格的"丑"还是否定性喜剧性格的"丑"都从人性角度出发，并各自具有特点，独一无二，为中国喜剧人物画卷增添了新的形象。

习志淦创设的喜剧情境之中含有丰富的笑，作者以深厚的美学素养和开阔的喜剧视野来创设喜剧情境，使喜剧性笑的意味各有不同。习志淦的喜剧情境有大有小，他以贯穿始终的人物关系和故事编排与结构设置为大喜剧情境，大喜剧情境整体性地营造起喜剧气氛，奠定一部戏的喜剧基调，而在大喜剧情境之下又包含各样的小喜剧情境，小喜剧情境更为具体化，情节、喜剧场面、人物动作等，每一个小喜剧情境都依托于大情境而独立成为一种情境，习志淦的大小喜剧情境相互交融，趣意丛生，内涵深远。

习志淦喜剧艺术以多样的喜剧技巧打开了"笑"的大门，他的喜剧技巧作用出的"笑"是一种多意义的笑，他擅长用多样的喜剧手法来使得喜剧人物熠熠生辉。误会、颠倒、对比、夸张是"习剧"的主要喜剧手法。人物偶然行动的误会，谐音所产生的误解，使得喜剧产生啼笑皆非的效果。人物发生错位是颠倒的主要手法，人物内在与外表的颠倒、身份的颠倒等使得喜剧趣意浓厚。对比产生了强烈的喜剧色彩，人物产生的对比、情境间的对比极大地增添了喜剧的审美内涵。夸张的喜剧手法更增添"习剧"的传奇色彩，尤其是夸张中的怪诞色彩使得戏剧达到奇乐的喜剧效果。

习志淦的喜剧语言综合了话剧的个性表现和戏曲的诗性美，具有话剧语言的个性特色，又深富戏曲艺术的泛美特点，"趣""意"兼具。习志淦喜剧语言分别表现在宾白和唱词当中，俗而不低，雅而不涩，是他的主要特点。语境内涵丰富，唱词亦庄亦谐，喜剧性和艺术美兼有，喜剧语言彰显本色，凸显文采，使得戏曲光彩耀人。

在习志淦的喜剧唱词当中，亦庄亦谐的唱词风格展现了他戏曲语言的魅力。而同时，习志淦的唱词还深富哲思，唱词是诗性的表达，意象的融合，他的唱词语言里，情感表达至真至纯，思想深邃，富含哲理，有着高度的人文主义关怀。这一类的唱词多为人物直抒胸臆，是人物内心强烈的呼唤，情感深邃，是人物主体喜剧精神的至高表达。唱词充满哲思，语言绝妙，多运用赋比兴的手法，具有较高的文学品位，一字多用，韵调十足，富有机趣又深含蕴意。

习志淦戏剧唱词的功力十分深厚，一字多用，是他喜剧唱词当中的亮点。一字多用的唱词，多是人物情感的强烈表达，抒怀酣畅，人物主体精神与作者主体精神高度融合。《徐九经升官记》里徐九经的核心唱段"当官难"是这部喜剧唱词中最精彩的一段，堪为传世佳作。一个唱段，共有 67 个"官"字，每句后面跟一个"官"，语言富有机趣又深富哲思。"当官难，难当官。徐九经做了一个受气的官，一个窝囊官！自幼读书为做官，文章满腹得意扬扬，扬扬得意我进京考大官……他们本是管官的官，我这被管的官儿怎能管那管官的官。官管官，官被管，管官，官管，官官管管，管管官官，叫我怎做官……是升官，是罢官？做清官，还是做赃官？做一个良心官？做一个昧心官？升官，罢官，大官，小官，清官，赃官，好官，坏官，官，官、官官官官官官官！我劝世人莫做官，哎呀莫做官！"徐九经的一段"当官难"收到强烈的艺术效果，几十个"官"字共同构成徐九经对世道当官的控诉，情感真挚，悲愤动人。唱词语言上，几十个"官"，节奏有致，紧随人物情感波动。谐音并用，情趣盎然，"管"与"官"，音同调不同的字，让唱词富有喜剧色彩，而一段管官与官被管的无奈之唱，又充满了现实的哲思：官与管，怎做官？人物心理挣扎尽显，是做良心官还是昧心官的艰难选择，是当大官和要罢官的沉痛现实。全段唱词，既是徐九经心理的深度展现，又是对"官"的深刻剖析，唱词意义深邃，富含哲思，最后一句长叹，"我劝世人莫做官，哎呀莫做官"，情感达到顶峰，艺术效果极其强烈，"官"的哲理让人回味不尽！

从20世纪80年代初到今天，习志淦孜孜不倦地创作了几十部传统戏剧，类别多样，形式丰富。他的喜剧独具魅力，作为新时期的戏剧编剧，习志淦的喜剧很好地吸收传统戏曲的特点，故事奇巧，引人入胜，充满了谐趣、情趣与理趣。

习志淦的喜剧艺术始终围绕着"趣"，"趣"的艺术具有较高的审美内涵，精彩的故事情节使得喜剧意外迭出，具有强大的吸引力，而这种意外又是富含情理的，情理之中喜剧思想深邃具有现实意义，这种丰富的"趣"的喜剧艺术让喜剧的"笑"味多重。习志淦的喜剧"笑"的色彩是丰富的，鄙视的笑、唾弃的笑、悲愤的笑让喜剧讽刺之态尖锐又寒冷，赞扬的笑、机智的笑、钦佩的笑让喜剧褒扬之情具有强烈的人性美。习志淦的喜剧艺术的"笑"是深刻的，他的"笑"是笑过之后静默下来的沉思，他的"笑"深含泪水。他的戏曲喜剧，诙谐幽默，趣味横生，他的喜剧所爆发的"笑"不是无节制无思想的搞笑，而是幽默里的意味深长。徐九经从得意的升迁到脱袍摘冠的隐去，在两种权势下的机智行走，敏捷应对是引人发笑的，而最后的歪脖树下卖老酒，又是满含泪水，"笑"大乐之后的怅然与领悟。《膏药章》的"笑"是因一场错乱颠倒的喜剧，荒唐产生了"笑果"，也正是因为荒唐，人们在捧腹大笑后又泪眼婆娑地体味"笑"后的酸悲。"笑"是习志淦喜剧光彩的外罩，"泪"是他喜剧内旨的深刻思考，他的喜剧不是让人一笑而过，而是笑着笑着会有流泪的领悟。习志淦喜剧的"笑"又是深富美感的，习志淦的喜剧具有虚拟性的美，他喜剧中的"笑"具有诗性，喜剧在大俗的乐趣中又能回归到传统戏剧的雅致里，他能在俗雅之间自由行走，又能巧妙地将"俗笑"与"雅笑"巧妙地融合，俗而不低，雅而不涩是他喜剧的美学特点。习志淦自己也强调他喜剧的情趣，情趣必须是高尚的，能够反映人类的普遍情感。他喜剧的"雅"正体现在他雅的情趣上，喜剧主题深刻，美学意义深远。

作为新时期的戏剧编剧，习志淦又是极具有开拓意识和创新精神的。他

对传统戏曲的有力把握，对现代话剧的有益吸收，使得他的戏曲艺术充满文采，乐趣无限。他既能留住传统戏曲的精华，喜剧具有意象美，充满诗情，同时又能借鉴现代话剧艺术的人物语言、结构设置等特点，不断完善自己的戏曲喜剧，从而使得喜剧美中携趣，趣美相间。习志淦喜剧或改编或创作，都充满了新奇之美，他扎实过硬的语言功底，让喜剧异彩纷呈，他把小说改编为戏曲，打破传统戏曲的分场，使用伴唱过渡的手法，再现小说故事，既领略到原著精髓，又极大地发挥了戏曲的创造性，人物鲜活，故事生动，革新的戏曲创作极大提升了戏曲喜剧艺术的美学品位。习志淦的喜剧创新还体现在喜剧题材传统与现代的结合，他所创作的戏曲作品，有着强烈的民族感，对传统文化的深入把握，又能观照现代，无论是《风流米癫》还是《升天梦》，习志淦的喜剧大多是古代背景、现代主题。故事题材取于古时，喜剧中有着浓厚的民族文化气息，飘逸隽永的书法、具有本土特色的民俗都是喜剧当中的亮点，习志淦有力地把握着传统，其主题内涵又具有时代意义，对男女不平等的思考、对人性弱点的反思，喜剧内涵意蕴深远，具有极大的教育意义。

无论是改编还是创作，他笔下的经典喜剧人物形象深入人心，习志淦力求人性的丰富和深广，多面立体地塑造人物，使戏曲里的"人"不再是简单的戏剧角色，而是有血有肉，有爱有恨的活生生的人物，人性深层的挖掘极大地丰富了喜剧的"丑"，让传统戏曲中只增添笑料的"丑"成为主角，独特的"丑"的塑造，使得人物大放异彩。习志淦大小喜剧情境相互作用，喜剧情景精巧创设，戏剧冲突集中，喜剧效果突出，多样喜剧手法的运用，也增添"笑"的多重色彩。习志淦的喜剧语言是典型的"俗文雅意"，他的戏曲作品，没有因求文辞高雅而故作艰涩，无论是说白还是唱词都通俗易懂，而又字字有调，读来上口有韵，富有美感，语义富有深意，细细想来，别有意味，习志淦吸收了现代话剧语言的"片言明白意"，又继承了传统戏曲的文采翩翩，戏剧语言趣味盎然又具有较高的文学价值。

习志淦的喜剧艺术有着充盈的喜剧精神，无论是《徐九经升官记》还是《升天梦》，都透着强烈的正义之光，他宣扬正义，鞭挞丑恶，以幽默和真挚对人性高贵的品格赞美颂扬，以讽刺之笔鞭挞人性的罪恶和世间的丑态。习志淦的喜剧精神内含高度的人文关怀，他倡导人的平等，重视人的价值，控诉男女不平，唾骂忽视人性的封建思想。他关注人，关爱人，呼唤平等追求自由，具有崇尚乐观自由的主体精神。习志淦的喜剧精神也是理性超脱的，他的喜剧人物虽千姿百态却表露了他对人生的深刻理解。他对丑恶的深剖，对名利的穿透，显示了他的超然为怀、理性从容的喜剧精神。正是这样的喜剧精神让习志淦的喜剧成为一场嬉笑后的沉思，一场狂欢后的默想。

20世纪80年代，习志淦戏曲初创经历了艰苦探索之路。1987—1988年正是习志淦潜心创作的高峰期，他常常是废寝忘食、不舍昼夜，长时间的伏案工作和通宵达旦，终于熬坏了这位拼命三郎健硕的身体，在随团赴天津参加演出之际，他经常感觉脖子莫名阵痛，熬到回家才匆匆去医院检查，却被意外告知患上了甲状腺癌，医生劝他必须立即开刀切除，可他一想到《洪荒大裂变》和《膏药章》两部剧还在等他修改、排练去全国参加调演，一咬牙自己强撑，等到两剧顺利演出之后，他才安心去医院动手术，这时候病情已过了最佳手术时间，癌细胞已经扩散，但好的是保住了性命。习志淦用性命换回了《洪荒大裂变》获得第一届文化优秀剧目奖、全国京剧新剧目探索奖。而京剧《膏药章》，荣获了"中国戏曲学会奖"，后又获得文化和旅游部2003—2004年国家舞台艺术精品工程。

20世纪90年代，经历了与台湾省"热恋"的戏曲合作之路。20世纪80年代初期，年事已高的习母常常思念远在彼岸的丈夫，彭老夫人托人打听探知有一个朋友要从台湾迁居到美国，于是便捎信询问习文德的情况，几经辗转，对岸来鸿告知老先生健在，非常思念大陆的亲人，尤其是小"钢铁"（习志淦的小名）。看完这信，习志淦内心五味杂陈，一方面对于父亲他还有几分怨恨，因为父亲的关系这个家蒙受了太多不应该承受的苦难；而另一方面，他又无比思念这个没有给予他多少父爱的父亲。但当时两岸尚未恢复"三通"，不久那边传来父亲病逝的噩耗，习志淦备受打击，连父亲的葬礼他和母亲都不能前去吊唁奔丧。这之后，习志淦正式更彭姓为习。后又与继母取得了联系，二人常常书信往来。

1990年之初，继母病逝，在弥留之际，她遵照习父的遗愿，把遗产的一

部分留给在大陆的子女，一部分捐赠给旅台湖北同乡会。这时两岸关系有所缓和松动，习志淦终于踏上了这段期盼已久的寻亲之路，在捐赠会上，习志淦和旅台老乡们相谈甚欢，被问及湖北的情况时，习志淦兴致勃勃地介绍了湖北近十年来的巨大变化，还谈及湖北戏曲突飞猛进的大好形势，并希望能把湖北戏曲带到台湾。虽然行事不易，但热情友好的几位同乡老人凭着自己的地位和关系，最终促成了习志淦完成了这桩心愿，湖北省京剧团带着《徐九经升官记》在台面世，台湾"行政院"负责人郝伯村给予高度评价，各家媒体也争相报道，在台湾引起了不小的轰动，台湾戏剧界也纷纷向习志淦抛来橄榄枝，希望习志淦为他们写剧本，此后，也正式开启了习志淦与台湾密切合作之路。

1991年，习志淦应台湾"当代传奇剧场"之邀，为京剧名旦戴绮霞老前辈改编京剧传统剧目《阴阳河》，在此之前，习志淦对传统剧目的整理改编甚少问津，但剧团负责人吴兴国言辞恳切——"非你不作第二人想"，他还是迎难而上，将传统剧情中无稽荒诞的内容剔除，对封建社会苛求女性忠贞的道德观进行了深刻挖掘，以喜剧的风格再现现实主题，最终这部戏获得了观众的交口称赞，首演告捷。

随后他又陆续和台湾梨园的其他顶梁团队例如"复兴剧校""当代传奇剧场""新生代剧坊"等剧社合作完成了京剧《阿Q正传》《刘海传奇》《钟馗》《君臣鉴》以及歌仔戏《前世今生蝴蝶梦》《三笑姻缘》《八仙降妖记》等十多个剧目，可谓是成绩斐然，硕果累累。

21世纪至今，广泛涉猎新范式的戏剧开拓之路。习志淦一直称20世纪90年代这段时期与台湾的合作为业余创作，他深谙为湖北写剧本才是他的主业，期间1993年他为省汉剧团"陈派传人"蔡燕量身打造了一出风俗喜剧《美人涅槃记》以及2002年应襄樊京剧团之邀为襄阳名人、北宋大书法家米芾创作的京剧《襄阳米颠》。当然，除开汉剧、京剧以及中期为台湾写的歌仔戏之外，进入21世纪，习志淦还广泛涉猎改编各种戏剧样式成戏曲作品。2004年，习志淦改编了莎士比亚戏剧的压卷之作《暴风雨》，此剧由香港著名电影导演徐克执导，台湾影视剧三栖明星、"当代传奇剧场"当门文武生吴兴国主演。

两岸对于莎士比亚四大悲剧的改编早已不乏先例了，1983 年北京实验京剧团根据《奥赛罗》改编成同名京剧，这是首次用戏曲方式演绎莎翁名作；随后 1986 年，台湾当代传奇剧场根据《麦克白》改编成京剧《欲望城国》；1994 年上海越剧院明月剧团根据《哈姆雷特》改编成越剧《王子复仇记》；1995 年上海京剧院根据《李尔王》改编成京剧《岐王梦》；2001 年台湾当代传奇剧场根据《李尔王》改编成京剧《李尔在此》，这些剧目都获得了不错的成绩。

《暴风雨》是一部被公认为最难改编的魔幻传奇作品，而素有"电影鬼才"之称的徐克意欲对莎剧中那些富有浪漫奇幻的传奇情节进行电影艺术的全新处理，但是这却对京剧具有固定范式的框架提出了更高的要求，在编、导、演三人异地的情况下，习志淦临危受命，在短短一个月时间之内就拿出了初稿，保留原著具有浓烈西方韵味的语言特色，加入代表东方神秘特点的美学元素，在台演出期间，常常座无虚席，好评如潮。

2005 年初，与山东烟台市吕剧院合作，创作出了一部以甲午中日战争为背景、方伯谦为主人公的历史剧《海殇》，拿下了文化和旅游部 2004—2005 年国家舞台艺术精品工程优秀剧本奖。2009 年，与麻城东路花鼓戏剧团合作完成东路子花鼓戏《麻姑》，2016 年，与湖北省京剧二团创作出少儿神话京剧《梁子湖传说》。

除了戏曲之外，习志淦曾先后创作出了《臭头洪武君》《鲁班》《新钟馗打鬼》《血肉长城》《黄金 118 密令》《红肚兜》等电视剧剧本，以及长篇小说《天下》。

习志淦的喜剧为新时期中国戏曲喜剧艺术之园增开了一朵瑰丽之花，在日渐式微的传统戏剧里，习志淦对戏曲喜剧艺术的探索和创新为当代传统戏剧发展提供了一条可供借鉴的有益之路。

他晚年学术活动频繁。他曾担任第二届中国戏剧文学学会副会长，中国戏剧家协会创作委员会委员，并被评为国家一级编剧（正高二档，相当二级教授），殊不知，在 985 高校理工科专业能评上一个二级教授不知有多难。他每年都要去北京讲学，到全国各地作学术报告，经常受邀湖北省图书馆为广

大读者作戏曲讲座。他年过七旬还亲自指导中国戏曲学院戏剧与影视学专业硕士研究生和中南政法财经大学文学硕士的学术研究。他是戏剧界的权威，全国各地剧作家的作品都渴望得到他的指点。他老当益壮，直至今日每天都要忙到深夜。值得一提的是，在他六十六岁的时候，他以华中农业大学本禹志愿服务队为素材，编剧并导演了大型话剧《牵挂》，一批从来没有演过戏的大学生将其搬上了国家大剧院舞台，并得到了北京专家和大学生们的热烈欢迎。《牵挂》成为华中农业大学的保留剧目，每年，农大学生都组织成新一代的《牵挂》剧社，暑假期间，习志淦亲自到场为这些完全没有受过专业训练的学生们手把手亲自指导，使这个戏一代一代传承下来，至今已排演到十一代。2023 年 10 月话剧《牵挂》再次被团中央调到广东参加全国志愿者会议演出，获得与会者高度评价。

2017 年至 2022 年五年间，他和一批退休了的京剧同行，来到位于江夏区的"武汉大方学校"普及京剧，并亲自执笔编撰了中华传统文化普及专著《京剧》，由武汉大学出版社正式出版。

龙年伊始，77 岁的习志淦又为阳新采茶剧团新作了大型神话剧《千岛湖之恋》；他编剧并导演的沉浸式儿童京歌剧《梁湖传说》也将在江夏区旅游胜地"未来家园"与观众见面。让我们期待着他的新作再次获得成功。

习志淦与我是半个多世纪的学友之情，我们从少年时代一直走到今天，总是那样友好确实不容易。他著作颇丰，已正式出版戏剧集多卷，在庆祝中国共产党成立一百周年之际，由中国戏剧家协会主编的《中国百年百部优秀剧作典藏》中，湖北省入选了四部作品，其中就有习志淦参与创作的《徐九经升官记》和《膏药章》两部。他为当代中国戏曲的发展所做的贡献是有目共睹的。

文化学者陈伯安

陈伯安，曾经是我的顶头上司。历任武汉市洪山区教育委员会主任、江汉大学武昌分校副校长、武汉工贸职业学院党委书记等职。知名文化学者，诗词联赋作家。中华诗词学会会员、湖北省作家协会会员、湖北省楹联学会会员、湖北楚商联合会文化专业委员会会长。写作出版的著作有《思维的技巧》《伯安百说》《读书趣话》《联语哲思》《新武汉三字经》《南山窖雪》《横山联唱》《蕉窗随笔》等，参与主编《古今绝句鉴赏词典》。

他才华横溢、满腹经纶、出口成章，妙语连珠；他言语幽雅悦耳，像清风拂过琴弦，像落花漂在水上；他风度翩翩，气宇不凡；他著作等身，清新俊逸。

我喜欢读他的文学作品，我更喜欢他的《伯安百说》，百看不厌，琅琅成诵，是我的枕边书。我虽"理工"，但十分爱好人文社会科学。我曾经阅读过大量古今中外的文学著作，自从看到《伯安百说》更是回味无穷，爱不释手，如沐春风，心旷神怡。其人生说、爱情说、读书说、智慧说、思想说、人格说、精神说、奋斗说、力量说……乃杏坛哲思，丹青妙笔。

正如湖北省文联党组书记李传锋所言："陈伯安同志是语文教育家，他把关于文化教育和社会人生的思考，用哲理诗的形式表达出来，华中师大的《语文教学与研究》陆续发表了这些作品，读者反响强烈，多家报刊转载。我有幸读了其中的大部分，信乎其是杏坛哲思，文苑妙笔，读君之言，如听钟鼓琴瑟。"

又如福建师范大学文学院蒋松源教授所说："《伯安百说》是理性与悟性并

重，文学与哲学的结合。"

"说"是古代的一种（议论）文体，用以陈述作者对某些问题的看法。汉代经学家阐释经籍蕴意奥旨时，不仅注意训释词义，同时也从政治伦理角度去挖掘作品的社会意义，他们把这种注释方式称做"说"，如《诗》有《鲁说》《韩说》，《论语》有《齐说》《鲁夏侯说》等。到了唐代，"说"已演变成一种偏重推理论证的论说文，如韩愈有著名的《师说》一文。宋以后，一般称为"说"的文章，篇幅都较简短，行文亦较自由随便，内容和风格往往近于杂感、随笔之类小文。

《伯安百说》无疑创造性地张扬了"说"这一问题的创作优势，全书不限于一"说"或数"说"，而是有序地扩充，结集多至"百说"，如此规模的策划组合，于古今同类文章中独树一帜。且在写法上，或述志趣，或抒怀抱，或发议论，均能圆融一体，字里行间不仅闪烁着理性的深沉，而且流宕着诗情的真淳，让人体察到作者是在追求一种哲思与诗情水乳交融的审美境界。

伯安兄在《文章说》中写道："观天下之文章，'我手写我见'者，不胜枚举；'我手写我感'者，比比皆是；'我手写我心'者，难能可贵；'我手写我魂'者，寥若晨星。古今可流传之文，多属写心魂，动人心魄者。"这样的文句是作家写作经验的精彩总结，是评论家对天下文章的总览，也是写作教学的至理名言。

《伯安百说》中关于人生感悟的篇幅许多，如《幸福说》《人生说》《生活说》《生死说》《成败说》《命运说》《奋斗说》等，都是伯安兄在人生历练的基础上悟化与禅化出来的至理名言。我作为喜爱这些箴言的读者置其于案头，作为座右铭。其哲理性、通俗性、趣味性，跃然纸上；震撼力、渗透力、感染力，直击心脾。每一节，都升腾着智慧的火焰；每一篇，都闪耀着辩证法的光芒。

文抒心声，文如其人。"襟怀博大之人，方能写出气势恢宏之文；治学严谨之人，方能写出缜密翔实之文；博学睿智之人，方能写出哲理深邃之文……"我所熟悉的伯安兄乃襟怀博大、治学严谨、博学睿智之人。我拜读过伯安兄多部作品，他的随笔既有思想，又有文采，思想与文采的碰撞便生出了火花，照亮了我的心灵。伯安兄文采飞扬，读他的作品的确是一种精神享受，愿更多的人得到这种享受。

我跟随伯安兄多年，深知其才思敏捷，善在席间即兴吟诗作对。读《伯安百说》中董宏猷所著《点燃千千万万盏美丽的心灯》一文才知伯安兄多才多艺，琴棋书画，能歌善舞，我更是佩服得五体投地。他时常浮现在我的眼前，他在各种座谈会、学术报告会以及工作报告大会上的精彩演讲历历在目。在我记忆中，印象最深的是，20世纪90年代教委在武昌东湖曹家花园召开的教育工作大会上他引经据典博征旁引，成语典故信手拈来，妙语连珠、精彩纷呈，语惊四座、革故鼎新，主题鲜明、振奋人心。一个多小时的演讲他不看讲稿，娓娓道来；思路敏捷、层次分明；抑扬顿挫、余音三日绕屋樑。他的演讲使整个会场鸦雀无声，时而爆发雷鸣般的掌声经久不息。听众席的赞叹声、叫好声连绵不断，群情激昂。他文采飞扬，感人肺腑。有人喊出了听众的心声：陈主任真乃才子也！

两天的大会，给人的印象是他的讲话水平最高，报告内容最精彩，给人印象最深，收获最大。尤其是他的知识水平最高，使大家感受到他的文才非凡，他对中国诗词文化的研究，从诗经到汉乐府、楚辞、唐诗、宋词无不精通，他对中外历史、文化、地理、经济是那样娴熟通晓，实在令人钦佩和敬仰。

最近，陈伯安先生在天心书院亲授诸子百家，并创作了《诸子说》。此文出手不凡，显示了他的学术底蕴与文学功力：

诸子说

"江山代有才人出，各领风骚数百年"，此清人赵翼之精言。纵观中华数千年文化，秦汉、魏晋、唐宋、明清，皆有可圈可点处。然开风气之先，独领风骚数千年者，唯春秋战国之诸子也。

诸子百家，或儒家之正大敦厚，道家之清虚空灵；或墨家之踔厉奋发，法家之冷峻严酷。更有名家之雄辩，农家之朴言，杂家之兼容，兵家之智谋，纵横家之捭阖，阴阳家之玄思。诸子蜂起，百家争鸣，蔚成轴心时代之盛大气象。

欲正心者，须读儒家之四书。心正而后身修，身修而后家齐，家齐而后

国治，国治而后天下平。无恻隐之心，非人也；无羞恶之心，非人也；无恭敬之心，非人也；无是非之心，非人也。仁者，人也。士不可不弘毅，任重而道远。仁以为己任，不亦重乎？死而后已，不亦远乎？

欲明道者，须读老庄之奇文。道可道，非常道；名可名，非常名。人法地，地法天，天法道，道法自然。道常无为，而无不为。反者道之动，弱者道之用。天下万物生于有，有生于无。天之道，利而不害；圣人之道，为而不争。圣人无名，神人无功，至人无己。天地与我共生，万物与我为一。

欲亲民者，须读墨子之学说。墨子言天下之士君子，欲天下之富，而恶其贫，欲天下之治，而恶其乱，当兼相爱，交相利。此圣王之法，天下之至道也。夫尚贤者，政之本也。去无用，之圣王之道，天下之大利也。归国宝，不若献贤而进士。君子之道也，贫则见廉，富则见义，生则见爱，死则见哀，四行者不可虚假，反之身者也。

欲知法者，须读韩非之宏论。圣人之治民，度于本，不从其欲，期于利民而已。故其与之刑，非所以恶民，爱之本也。刑胜而民静，赏繁而奸生。故治民者，刑胜，治之首也；赏繁，乱之本也。故以法治国，举措而已矣。法不阿贵，绳不挠曲。法之所加，智者弗能辞，勇者弗敢争。刑过不避大臣，赏善不遗匹夫。一民之轨，莫如法。故法者，王之本也；刑者，爱之自也。

欲兵战者，须读孙子之兵法。百战百胜，非善之善者也；不战而屈人之兵，善之善者也。上兵伐谋，其次伐交，其次伐兵，其下攻城。兵不顿而利可全，此谋攻之法也。知彼知己者，百战不殆；不知彼而知己，一胜一负；不知彼不知己，每战必殆。德行者，兵之厚积也；信者，兵之明赏也；恶战者，兵之王器也；取众者，胜也。

欲治国者，须读管晏之谏言。政之所兴，在顺民心；政之所废，在逆民心。仓廪实而知礼节，衣食足而知荣辱。国有四维，一维绝则倾，二维绝则危，三维绝则覆，四维绝则灭。何谓四维？一曰礼，二曰义，三曰廉，四曰耻。晏婴谏景公曰："古之贤君，饱而知人之饥，温而知人之寒，逸而知人之劳。"又曰："赏无功谓之乱，罪不知谓之虐。"

诸子百家，洋洋大观！余者若列子之凌虚御风，公孙龙子之"白马非马"，鬼谷子之"飞箝"之术等，皆百家之奇诡异人也，岂数言得以尽乎？

朱熹曰："天不生仲尼，万古长如夜。"若"天不生诸子"，则何如？其必曰："孔子若日月，诸子如群星；孔子若泰山，诸子如奇峰。"壮乎哉，诸子百家！伟乎哉，诸子百家！

荀子曰："不登高山，不知天之高也；不临深谿，不知地之厚也；不闻先王之遗言，不知学问之大也。"今学诸子之言，而知学问之大与天道之远，不亦幸乎！

说当今诗坛比文学圈任何一个"坛"都热闹，大概不会有人反对。众语喧哗，旗幡乱卷，已属常态，而"事件"频出，党同伐异，也不鲜见。这种屡遭看客诟病的乱象，其实未尝不是"正象"。盖因新诗芳龄，区区不过百年，至今仍然行走在路上。新诗之新，新在自由，因自由而无自律，内容不限（屎尿皆可入诗），形式不拘（断句破句随心所欲），以至于有会敲回车键就会写诗之说；尤为要害的是，新诗界至今拿不出一个能达成共识的美学标准。殚精竭虑者与游戏文字者共处一方水土；口语诗与口水诗，良莠杂陈。一般读者如何能判断何为好诗何为坏诗何为非诗呢？

倘若注目诗坛边缘，便可发现一方"净土"（并非"净土"），这就是旧体诗词园地。近年弘扬传统文化，推动旧体诗词写作，吟咏者增多，研究者跟进，渐呈与新诗并肩之势，实为可喜可贺。在这支旧诗队列中，有陈伯安（号横山居士）君，以其诗词联赋创作实绩，渐入公众视野。笔者吟哦之余，若有所思，一句成语悠然浮上心头，曰"旧瓶装新酒"。在我看来，旧体诗词写作之圭臬、之真伪、之高下，全在于此，即"瓶"需旧瓶，"酒"需新酒。

何谓旧瓶？旧瓶之"旧"，以我浅见，归根结底，还是在诗人的主题意识上。若与新诗写作者之整体两相比较，则一多为年少即练笔诗坛，一多为年老方寻章摘句：一为树旗呐喊，不甘寂寞；一为青灯黄卷，淡泊自守；一为有所求心态躁动，乃至于狂放不羁；一为无所求而心气平和，乃至于归于禅道。"参禅如是，如如不动，如如如是（育渝），悟道在斯，在在无心，仔仔在斯（伯安）"，这是一种写作状态，更是一种生活状态，即所谓从血管里流出的都是血，

从水管里流出的都是水。

众所周知，文学作品是高度个性化的精神产品，与此相应，文学创作，尤其是诗歌创作，便不同于戏剧、影视等综合性艺术，纯粹是一种个体性劳动。中外的文学理论教科书，无论其立足的意识形态有多大分歧，在这一点上却是高度一致的。而陈、钱二君却和教科书的定论开了一个玩笑，其对联、诗词的写作，大多是建立在两人互动基础上完成的。某年中秋月明之夜，陈、钱二君，千里婵娟，接龙应句，吟成《己亥中秋》一首：

> 此日黄昏后，嫦娥降人间。
>
> 银盏盛佳酿，笑语向尊前。
>
> 纤纤呈素手，袅袅隐绣帘。
>
> 何当饮冰酒，共话黛螺缘。

其实，诗人相互唱和，古已有之，在楹联则为出句对句（诗界将日本俳句视为最精短的诗，我则认为若论世界上最精短的诗，非中国楹联莫属），皆系偶尔为之，这是中国旧体诗的一种特有的写作方式，不妨视其为一只"旧瓶"，陈、钱二君将其推向了极致。两位诗人，一在江城武汉，一在春城昆明，相隔遥遥，因机缘巧合而得相识，又因诗词联赋而得相知。"吾复何求，人生得一知己足矣（育渝）"，"尔亦快哉，斯世当以同怀视之（伯安）"，自此鸿雁往返，应答不绝。如上所述，当前文风炽盛，旧体诗词写作者，不在少数，但能以两人隔空酬唱十数年不辍，"无论对联抑或唱和，时有属对一出句或唱和之余，意犹未尽，又复而属对或唱和再四者"（《蕉窗随笔》编辑凡例），进而集为《横山联唱》洋洋两卷，以笔者之孤陋寡闻，实难见其二。《横山联唱》问世，如一高岗梧桐，引来董宏猷、雷磊、志贤、希民、元辅、学忠、楚楚、化成、秒月、江霞各方凤鸟来栖，与陈、钱二君共十二老少贤达，相与应对唱和，遂成《蕉窗随笔》一卷，诗云："凤凰鸣矣，于彼高冈，梧桐生矣，于彼朝阳，菶菶萋萋，雍雍喈喈。"（《诗经·卷阿》）似可摹其胜状。

在中国历史上，诗为文学正宗。居于文学等级的最高层。自"诗骚"以降，悠悠三千载，业已建构了严格的诗学规范，形成了公认的美学标准，此即先哲前贤制造的一只"旧瓶",是老祖宗的一笔宝贵的文化遗产。如何继承这笔遗产并发扬光大,装进"新酒"来,写新时代,抒新情感,旧体诗界不外两种意见,一为"变通"派,主张因时变通,律绝不必强求平仄;一为"恪守"派,主张严循声律,古体今体泾渭分明。陈、钱二君在《蕉窗随笔》"编辑凡例"中申明,"追慕古贤,仰首高明,循声律以抒心志,娱退食而申凤枕,故例应恪守规则,毋悖传统也矣",可谓"恪守"派代表意见。二君有一联,亦可视作这一派审美理想:墨韵书香,高明远致(伯安);欧风柳骨,秀雅端芳(育渝)。当这一审美理想渗透到行起坐卧的日常生活时,艺术与生活的界限就消失了。如果说友谊是奠定《横山联唱》的基石与歌咏的主题,在《蕉窗随笔》中,除了众多诗友的联袂应和,使这一主题的声部更加嘹亮外,因了钱育渝夫人江霞的加入,爱情的主题成为一个新的亮点。友谊与爱情,是人类生活中弥足珍贵的情感,是人将自身从动物世界中提升出来的一个标志,因而是文学中常写常新的永恒题材。

友谊的表达,常在离别时分最为浓烈,这就是送别诗何以成为古诗一大类,而"折柳"何以成为古诗中一固定意象的原因所在。此类名诗名句不胜枚举,仅以唐诗中的诗题看:《送元二使安西》(王维)、《送杜少府之任蜀州》(王勃)、《芙蓉楼送辛渐》(王昌龄)、《黄鹤楼送孟浩然之广陵》(李白)、《白雪歌送武判官归京》(岑参)等,名单可以开列很长很长。

这是《蕉窗随笔》中一首送别诗,于沉郁顿挫之中,见心照神交之谊,姑列以下:

伯安赴印度瞻礼赋诗以壮行(钱育渝)

圣地千年仰旃檀,横山此日复梦圆。
明灯耀世传东上,白马驮经护伽蓝。
金刚肇开无相智,雪岭着意悟真言。
归来欢欣共联唱,菩提落叶作书签。

毋庸置疑,"旧瓶"与"新酒"是一对矛盾,以旧体诗的形式,表达新的

时代内容，若要两全其美，不是件很容易的事情。应该说但凡传统的艺术形式，在继承发扬中，在现代的转换中，都会面临这个棘手的问题。比如中国戏曲表现现代生活，除了特殊年代的样板戏之外，广有影响的成功案例委实不多；以中国文艺批评特有的概念、范畴，评论新诗和当代小说，也远不如运用西方文论的概念、范畴得心应手。正因为如此，我对两部诗集中能觉出新意的诗联，就格外敏感。

伯安心目中的董宏猷。论交情，他和宏猷至少是四十年的"白云边老窖"。他心目中的宏猷，是一个具有阳刚之气的男子汉，是一个有才华、有良知、有情怀、有成就的作家。宏猷心目中的伯安，是一身书卷气和翰墨香的"唐朝人"。这样两个人碰到一起，自然会"腹心相照"，自然会声气相求。几十年来，只要两人在一起，就会有诗联唱和，就会有挥毫泼墨，就会有魏晋风流，就会有浅斟低唱。

如果说王维的诗画是"诗中有画，画中有诗"，那么，陈伯安的书法则是"书中有画，画中有书"了。观伯安之书法，自有一种大气象，大韵致。如同他的文学作品自成"陈氏风格"一样，他的书法作品也颇有几分"梦幻现实主义"的味道。他的书法作品，既讲究外在的形质之美，更追求内在的精神之美，崇尚书法艺术在神采、格调、气息、韵味等方面的率性呈现与酣畅抒发。

因此，他随意点染和任性挥洒的书法作品，总能体现行云流水的自然之道，浓淡相宜的墨韵之美，大小错落的章法之趣，字形变异的张力之奇。借用沈尹默论书法艺术的一段话来概括："无色而具图画的灿烂，无声而有音乐的和谐，引人欣赏，心畅神怡。"

伯安先生文采斐然，笔下生花，骚情赋骨，蜚声文坛，堪称典型的文化学者，令人仰慕。

诗性人生的数学家

在我们的印象中，数学家只会埋头苦研，不食人间烟火，其实数学家大多有一颗浪漫的心。我们今天所讲的这位数学家的故事可不是只有枯燥的公式定理，还处处闪动着调皮的生活气息，他就是过着诗性人生的复旦大学数学系的谷超豪院士。

1926 年谷超豪出生于浙江永嘉县城区，1931 年，5 岁的谷超豪进入私塾，接受启蒙教育。1933 年，入瓯江小学（今温州市广场路小学）二年级就读。谷超豪从小性格文静，聪慧过人，对各门功课都有兴趣。数学、语文、历史、地理、自然等课程，都学得很好。他平时文文雅雅，不太爱说话，不大喜爱运动。但是，在课堂上，他思想活跃，喜欢独立思考。特别是数学，分数与循环小数的互化早在小学三年级时就掌握了，并开始知道数学上有无限的概念。

1937 年，谷超豪从瓯江小学毕业；同年 8 月入联立中学（今温州二中），成绩优秀。1938 年 2 月，免试转学至温州中学初中部，受哥哥谷力虹影响，阅读《大众哲学》《通俗经济学讲话》《十万个为什么》等书籍；同年，加入"九月读书会"，曾任小组长。

温州中学后来汇集了不少回乡的大学老师，拥有雄厚的师资力量，尤其是数学和物理。这对谷超豪来说真是如鱼得水。他的语文、社会科学、数理的基础是很全面的，每次考试，成绩都名列前茅。他不满足于课本知识，看了不少课外书，如刘薰宇著的《数学园地》，其中介绍了微积分和集合论的初步思想，使他初步了解到数学中无限的三个层次：循环小数，微积分，集合论，

这使他对数学产生更浓厚的兴趣。

谷超豪先生一生学术成就卓越。1974 年，谷超豪和杨振宁合作，联合发表了题为《规范场理论若干问题》的论文，解决了杨－米尔斯方程的 Cauchy 问题；20 世纪 80 年代，谷超豪又深入到若干整体微分几何问题中，开创了波映照的研究，为探索建立基本粒子的运动数学模型奠定了基础。这几个重要的研究成果成就了谷超豪的科学巅峰之作。每一个成果都触及国际基础数学的最核心理论，每一个成果都引发了国际数学界相关研究的浪潮。微分几何、偏微分方程、数学物理三个领域，构成了谷超豪生命中的"金三角"；研究和教学则是他"人生方程"的纵轴与横轴。

20 世纪 80 至 90 年代，谷超豪解决了 Minkowski 空间中极值曲面的构作问题，特别对混合型极值曲面，证明了它们的解析性，并可从平面解析曲线出发，以显式的延拓方法构造出完备的混合型极值曲面。

谷超豪共发表数学论文 130 篇（其中独立发表 100 篇），在国际著名出版社 Springer 合作出版专著两部。

同时，谷老的文学修养也很高。他和很多数学家一样，将自己探究自然界所得到的认知，转化为一颗自由而炽热的心，去追求更高的、比较纯洁的精神生活。诗歌就是最好的表达方式。

当代中国数学家写下了大量优秀的诗词作品，如《华罗庚诗词选》《苏步青业余诗词钞》《丘成桐诗文集》。从他们的诗歌里，我们看出，虽然他们是专业的数学大家，但是他们都有一颗诗意的心。这也是王开岭所讲：何为大师级？一看专项成就，二看精神体积（人文修养）。

诗歌与数学联系最紧密的就是数学概念与诗歌意象的结合。在古典诗歌中，描写风景的诗句中，很多都夹杂着数学问题。例如："大漠孤烟直，长河落日圆"。被古往今来的多数数学家与文学家一致认为是最美的数学诗句。古希腊的毕达哥拉斯学派认为"一切立体图形中最美的是球形，一切平面图形最美的是圆形"。当然这与圆形所固有的自然属性如对称、均衡是分不开的，而直线、角等也会有美感，这与直线、角给人以犀利、干脆之感是分不开的。

你看，"大漠"正是数学中的平面的化身，多么清白的世界；"孤烟直"也正是数学中直线的表示，多么恬静的画面；"长河"是数学中的曲线，"落日圆"是数学中的"圆"。这些数学中枯燥、简朴的元素，已经被诗人化为巧妙与精良，给人们勾画出一幅美观的画卷。

还有杜甫的《绝句》，我们知道构成空间图形的最根本的要素是"点线面体"，这首诗中，景物的描写由近及远，由小到大，是一幅美好的水墨画，站在数学角度来看，第一句"两个黄鹂鸣翠柳"，描写的是两个点，其次"一行白鹭上青天"描写的是一条线，第三句"窗含西岭千秋雪"，描写的是一个面，第四句"门泊东吴万里船"描写的是一个"空间体"，此处表现的时空之幽远，数字深化了时空意境。

所以谷老就说：许多文学作品中蕴涵着丰富的科学思想，任何科学都需要语言的表达，文学修养对一个科学工作者来说是必不可少的。自己之所以对数学感兴趣，很多情况是与自己读各类文学作品是分不开的。例如在读《三国演义》时，学会用反证法来理解人物与情节。

谷老一直没有停止前行的脚步，"人生几何学几何，不学庄生殆无边。"就是自己的处世之道，那就是人生虽有限，但可以去探究无限的学问。

你看谷老，首先在复旦任教几十年，雷打不动地组织每周一次的讨论班，大家坐成一圈交流心得，通过表达来协同他人；其次谷老就像开采金矿的带头人，带着大家探索、开路，找到一条通往"金矿"之路之后，就交给年轻人，他明白数学的未来在这些年轻人身上，这是其理性决策的能力；最后他也从未评价他人的人品，只有一次是例外，对一位四处兼职的同行非常反感，厌恶地说：人也是会变的。正是这份清醒的价值感，才可以让其通往数学之巅的路上，少了一分诱惑，多了一分不变的初心——那就是诗意地栖居在这块大地上。

与其恩师苏步青一样，谷超豪也是一位文采不凡的诗人。谷超豪曾说："在我的生活里，数学是和诗一样让我喜欢的东西。诗可以用简单而具体的语言表达非常复杂、深刻的东西，数学也是这样。"在他看来，诗歌的对仗与数学的对称性是相通的。

"人言数无味，我道味无穷"。在一般人看来，数学抽象而高深，繁杂而

无趣。谷超豪却说："你钻研进去会发现，数学有种惊人的吸引力。"

"人生几何学几何，不学庄生殆无边。"这是他年逾七旬仍在事业上有所追求的心况之表露。

至今，我最欣赏的还是他的两首审美诗：

绕流数学超音速

大众哲学激灵感，聚焦兴趣点明灯。

极值曲面巧构作，循环小数早集成。

黎曼空间任君舞，微分几何随我腾。

绕流数学超音速，高阶混型新方程。

数学结构规范场

双曲守恒勇讨论，偏微方程敢担当。

高速空气探动力，多元混型树栋梁。

创新研究波映照，推广应用情飞扬。

高维时空孤立子，数学结构规范场。

笔彩寻高境　画中释人生

　　四十多年前，我大学毕业分配在一所中等学校教书。有幸结识了一位画家，他就是代课教师顾文澜先生。使我一直不明白的是，他的画作和书法作品非同凡响，教学水平也很出色，深受学生欢迎，不知何故却一直没有正式教职的人事编制。

　　在我的印象中，他几笔勾勒似云锦，点墨绘出心中情，意境如此赞！墨笔丹青，如行云流水绕素笺，展瀚海崇山依旧颜，怎一个好字了得。听他纵论书法受益匪浅，观顾文澜先生《苏武牧羊词》书法，顿觉情怀激荡，思绪纷飞！随着先生洋溢着正大之气的字里行间，一幅边塞万里图展现于眼前，冰天雪地中挺立一人，手执旄节，牧羊北海，饮雪吞毡，历尽艰险。这个人就是汉武帝时出使匈奴，不幸羁留于匈奴十九年，不辱使命，不亏大节的大汉名臣苏武。

　　在中华书法史上，大凡书法精品都有一个共同的特点：书法与文辞兼美，华章共翰墨一色。以书坛三大行书为例：王羲之的《兰亭集序》，颜真卿的《祭侄文稿》，苏东坡的《寒食帖》等，都是书法与辞章相得益彰的艺术神品。

　　谈到顾文澜，幼时受其父影响，初临唐四家后，又关注魏晋南北朝名家法帖，他博采众长，打下了坚实的基础。

　　挥毫成锦绣，落纸生云烟。数十年如一日的艺术求索，顾文澜先生的书法造诣日益深厚，五体皆善，其作品题材广泛，内容丰富，精彩纷呈，或铁画银钩、遒劲有力，或龙飞凤舞、潇洒飘逸，或清丽秀美、古朴典雅。其楷书，

以钟王奠基，旁及颜柳，又研习北魏张猛龙、张黑女诸碑，笔力刚健，苍劲古朴，若静水深流；其行书，则以"二王"、米芾、王铎为取经，俊秀丰润，让人印象深刻；其草书，以王羲之、孙过庭为宗，亦得益于黄、米点法，雄强俊秀，气韵贯通；其隶书，取法广博，敦重厚实，清峻中透露出一种典雅、华美之气质；其篆书，以秦朝李斯的《峄山刻石》为法乳，参以清人，作铁线篆……不同风格的作品佳构迭陈，别有新意而又各具特色，为人们展示出一幅瑰丽多姿而又云蒸霞蔚、气象万千的艺术世界。

几十年过去了，如今的顾文澜先生已年近八旬。他老当益壮，依然活跃在民间画坛。

恬淡闲适，纸上意境在心胸。"牛肉粉糖发糕，油烧麦豆腐脑，蒸汤包酥油条，品种多任你挑……"这是顾文澜的一幅画作，简陋食摊，寻常早餐，大快朵颐的吃客——讲述的正是武汉人最重视的"过早"。"我是老百姓，就画老百姓的故事，左邻右舍的市井生活最熟悉。"我还记得当年顾先生常说的一句话，他坚持只有对生活有切身体会，才能进行艺术创作。

顾先生是安徽人，幼年便随父母来到武汉生活。小时候，父亲爱跟他讲武汉的风土人情故事，给他留下很深的印象。40多年来，顾先生走遍武汉的大街小巷，用手中的画笔记录最原汁原味，活灵活现的市井民俗、生活百态。清澈见底的河、糖面泥人……勾勒出一幅幅老武汉的民俗风情图。

顾先生最爱画清末民初年代的市井生活，只因那时民风淳朴，市民生活简单却也快乐。如今，已到知天命年纪的他，更向往随性的生活与绘画方式。

2012年，顾先生的《汉民百态》画展在昙华林展出，通过水墨画呈现市井生活，被誉为汉版《清明上河图》。

天降不幸，他一直与女儿相依为命。1979年，女儿顾朗出生，顾先生初尝为人父的幸福滋味。女儿渐渐长大，却始终不会开口说话，也无生活自理能力。辗转各大医院后，女儿被诊断为先天性智力残疾。

女儿两岁那年，妻子不幸去世，他只得独自照顾女儿。每天早上起床，第一件事就是为女儿穿衣洗脸，给她做早饭，把她抱到椅子上晒太阳，再出门买菜。如今，因年事已高，他只能将女儿寄养在福利院，每月要缴纳1400

元费用，加上自己与女儿的药费，日子过得十分紧张。

因长期坐卧，女儿顾朗体重已近170斤，行动起来十分不便。隔三岔五，顾先生便将女儿接回家中，为她洗澡，将她收拾一新，带她上街走走。

虽然日子清苦，顾先生从未向外人倾吐，直到一次偶然机会，他所在的黄鹤楼街商家社区群干上门走访，才了解这一情况，立即按政策为顾朗办理了低保。

心怀感恩，热心肠教书育人。"德为人本色，手中精气神。笔彩寻高境，画中释人生。"这是顾先生的座右铭，他也一直坚持以此要求自己。

为抚养女儿，顾先生以教人画画为业，带了不少学生。一次，一个跟随他学画的男孩许久没来，他便辗转联系上男孩，问他为什么不来，男孩告诉他，因为父母下岗，难以承担学费，顾先生心里颇不是滋味，嘱咐男孩继续来学画，不会收取任何费用。

在他的学生中，免费求学的孩子不在少数。有从大冶农村赶来学画的孩子，考虑到他们的家境，顾先生也坚持义务授课。如今，不少学生已顺利考上大学，有的还成为专业画家。让他欣慰的是，当年的学生们至今仍会结伴前来看望老师。听社区的人说，2009年至今，顾先生每年春节都积极参加社区举办的"送年画送春联"活动，因为画作接地气，他往往吸引来众多居民求画，孩子们也喜欢围在他的桌前观看作画。这多年来，顾先生已现场为辖区居民送画100多幅。

最后见到的是，"吃热干面的街坊，汉正街的扁担哥，长江大桥下跳舞的中年人，汉口大排档哼天的爹爹婆婆……"在位于武昌红巷的画室里，顾先生静心屏气，几笔就勾勒出一幅水墨画。

在顾文澜笔下，每个人物都独具汉味风情。他用一支画笔，记录下普通武汉人单纯朴实的生活状态，加以简单写意的表现手法，为市民生活留下珍贵印记。

公仆之外的书法大家

　　原武汉市政协副主席、武汉大学教授谭仁杰，历任武汉大学经管学院院长、武汉市教育局局长、江汉大学党委书记、武汉市政府秘书长，一直兼任中国经济规律研究会副会长、中国伦理学会地方高校德育专业委员会会长、湖北省书画研究会副主席、湖北省书法家协会常务理事、湖北省书法家协会高校分会名誉主席等职务。他是人民的公仆，在我眼中更是公仆之外的书法大家。

　　他1959年出生，安徽临泉人，他兄弟姊妹五人及其配偶都是毕业于武汉大学，个个才华出众、人生非凡。他在我眼中不仅是经济学者、教育学者，更是一位书法艺术领域值得推崇的书法大家。

　　江汉大学武汉语言文化研究中心教授庄桂成是这样评价他的：书法艺术通过线条的表现形式，展现力度与气韵，可形成独具特色的意象美。谭仁杰书法的意象美主要体现在线条、笔触及其运动的节奏感上。他的书法线条、笔触具有明显的刚柔、长短以及轻重、疾徐、枯润等变化，作品以榜书和行草见长而兼容各体，审美意象宛如云鹤而神态各异，或古朴清丽，或潇洒自然，或气势雄强。谭仁杰的书法多属于少字派作品，形式简洁，重笔墨表现，与兴起于20世纪30年代日本的少字派书法有一定的渊源。其早期作品多使用侧锋，激扬大胆，增加了作品的美术效果和美学意象的丰富性，近期作品大量使用中锋，即使在"渴笔"处也能做到中锋行笔，适当使用侧锋，平静厚重，提升了作品的内涵。他通过对汉字的书写来表达个性，以雄奇险劲、流动秀美的笔触，曲直疏密、黑白相间的布局，创造"云鹤游天、群龙戏海"的意境，作品内容与美学意象的高度统一是其书法创作的终极追求。

作为书法艺术的传承者，他经历了武汉大学作为主阵营的"美学热"讨论，率先在全国组建了武汉大学的学生书法社团。当时北有北大，华人德、曹宝麟、白谦慎为代表，南有武大，以谭仁杰、刘涛、车英为代表。如今六人都已经是书法创作研究上的佼佼者。作为书法家，他多年磨砺，形成独特的艺术风格，在今天他的书法成为许多书法界的理论研究对象。这都是他作为人民公仆之外的文艺精神的体现。

每次与书法家谭仁杰相见，总感觉他依旧是"书生本色，云水襟怀"，而发生变化的是他笔下作品，或舒展大气，或风骨彰显，或流畅无拘……越来越显示出他深厚的文化素养与厚重的基本功底，以及高超的书写技巧。无论是作品《云鹤游天》，还是《酒神醉墨》，或是后来在武汉拍卖的 12 万元人民币的榜书作品《鹤——云鹤游天》，沿着他笔下那些用活了、写神了的线条，走向他的过去，你可发觉他创作过的大量作品，可谓是纵横笔墨，得心应手，给人带来清神秀骨，兔起鹘落，淋漓酣畅的愉悦快感。作品所产生的极大的审美空间，不时撞击我的心底，给我带来不小的震撼。

他身为公仆，一身正气、为官清廉、对官场不正之风深恶痛绝；他潜心书法，很少参与酒宴饭局；他为人低调，待人诚恳；他言语不多，但与学者和知音却滔滔不绝。他个头不高，却是巨人一般，他那光洁白皙的脸庞，透着棱角分明的冷峻；乌黑深邃的眼眸，泛着迷人的色泽；那浓密的眉，高挺的鼻，绝美的唇形，无一不在张扬着高贵与优雅。

他著作等身，书法超群。据我所知，现在省书法学会共有会员 1480 名，进入 100 名优秀会员名单者才能谓之书法家，他位于前 20 名，无疑是湖北省著名书法家，在全国也享有盛誉。

当代真儒冯天瑜

得知冯天瑜先生因感染新冠辞世，我悲痛不已。我与冯先生只见过一面，他的名字早已如雷贯耳，他是荆楚人文的天花板，他敢说真话、是有良知的真正知识分子，他更是当代真儒！

冯天瑜，1942年出生，湖北红安人，武汉大学历史学院教授、中国传统文化研究中心主任、教育部社会科学委员会委员、湖北省中国史学会会长、湖北省地方志副总纂、大型丛书《荆楚文库》总编辑，1986年被授予"国家有突出贡献中青年专家"称号。

冯先生长期从事中国文化史研究和湖北地方史研究，探讨中国文化史框架构筑和明清文化史，兼职教育部人文社会科学重点研究基地武汉大学中国传统文化研究中心主任以及985"中国传统文化及其现代转型"创新基地负责人。

冯先生潜心学术，著作等身。其论著曾获中国图书奖一等奖、中国出版政府奖图书奖、中华优秀出版物奖图书奖、教育部人文社会科学研究优秀成果二等奖、湖北省社科优秀成果一等奖、湖北省高等学校人文社会科学研究优秀成果奖一等奖、武汉市社会科学优秀成果奖一等奖等。这位卓越的文化史学家，埋首书斋，勤奋钻研，用其一生在浩瀚的历史中撷取精粹，对中国历史研究作出了重大贡献。

冯天瑜出身书香门第，其父冯永轩是史学教授，从学著名语言文字学家黄侃，后入清华大学国学研究院第一期，师从梁启超、王国维。正因如此，冯天瑜有着深厚的家学功底，自幼对文史情有独钟。

20世纪60年代，家庭阶级成分使他只能就读武汉师范学院（即湖北大学）生物系。本科毕业后正值"文革"时期，他两耳不闻窗外事，埋头只读史学书。他从小就养成了良好的阅读习惯，总是在母亲工作的湖北省图书馆博览群书。

他曾在武汉教育学院工作过，34岁时就担任武汉市委宣传部副部长一职。然而，他志不在此，1979年，37岁的他选择辞职，回母校当一名历史老师，专攻少人问津的文化史。

他追求学术心无旁骛，在各种荣誉、头衔面前，他总是谦让。据了解，冯天瑜曾一再拒绝"进京任职"；在湖北大学（前身为武汉师院）任教的十余年间，领导曾几次协商让其履校长之职，他却坚辞不受。

1996年，武汉大学成立中国文化研究院，后更名为中国传统文化研究中心，冯天瑜出任中心主任。

在冯天瑜的主持下，中心将文史哲共冶一炉，成为一个跨学科研究中国传统文化的学术机构，是教育部人文社科重点研究基地暨中国传统文化现代转型创新基地。

我最欣赏他的《劝君少颂秦始皇》：历史进步的根本标志，并非在政治的分合治，而在文明的进步，包括生产方式、社会结构、政治制度、观念形态进步与否。将历史的正义性简单归结为政教是否大统，必陷虚妄。

冯天瑜不愧为当代真儒，他将永远活在人们心中。

鄂州文化名人胡志强

鄂州有着 5000 多年的悠久历史。西周中期，本境为鄂。秦代为鄂县，三国时期，鄂县属吴。公元 221 年，孙权改鄂县为武昌，并在此建都。宋、齐、梁、陈各代，城区一直是州、郡治所。唐代以后，武昌（今鄂州）成为文人骚客游览吟咏胜地，李白、孟浩然、岑参、元结、苏轼、苏辙、黄庭坚、陆游、秦观、范成大、王十朋、丁鹤年等，在此留下许多脍炙人口的诗歌与散文。

民国三年（公元 1914 年），改称鄂城县。1960 年 11 月，改县为市，1961年 12 月，又撤市复县。1979 年 11 月，成立鄂城市，后更名鄂州市。

鄂州为湖北省历史文化名城，人杰地灵，钟灵毓秀。我就是鄂州人，对鄂州有着深厚的家乡情。也正是由于这个原因，我的好友、当代著名剧作家习志淦先生，经常在话题里谈到鄂州市京剧团和胡志强。

其实，鄂州市京剧团早就更名为湖北省第二京剧团。一个地级市京剧团能与武汉的湖北省京剧团平起平坐，可见其来头不小。

殊不知，鄂州是湖北省京剧艺术重镇，省内地位仅次于省城武汉。在 70多年的鄂州京剧艺术发展之路上，活跃着一个京剧艺术世家。正是这一家人，长期矢志于弘扬京剧国粹，为鄂州京剧事业发展作出了不可磨灭的贡献。岁月流金，艺苑流芳。让我们一起走进历史，寻找沉淀在鄂州京剧舞台上的那些身影、那些唱腔、那些美好的回忆……

20 世纪 50 年代，胡家两代五人加盟鄂城县京剧团！台柱胡月珊是一位表演风格丰富多彩、戏路子很宽的京剧表演艺术家。早年表演，以文武老生见长，很多侠肝义胆、驱恶除霸的人物形象经他一演绎，淋漓尽致。他的四个儿子个个身手不凡，鄂州人民被他们精湛的表演艺术深深折服。

次子胡志强为国家一级演员，长期担任京剧团团长职务。1958年应父亲之命，从沈阳市京剧院调来鄂州，不久进入中国戏曲学院青年演员进修班深造，毕业后一直在京剧团工作，表演了《石秀探庄》《八大锤》《骆马湖》《三岔口》《火烧裴元庆》《一箭仇》《伐子都》《长坂坡》《挑滑车》《艳阳楼》《状元印》《挡马》等剧目，还在《蜈蚣岭》《乾元山》及现代戏《智取威虎山》《奇袭白虎团》《平原作战》《磐石湾》等剧目中担任主演，艺术生涯塑造经典、获奖无数。

1970年、1971年，胡志强两次被省京剧院邀请主演现代戏《智取威虎山》中的杨子荣和《奇袭白虎团》中的严伟才，并参加接待朝鲜、苏丹等国使节外事演出。20世纪90年代后期，他专注于京剧教学工作。1993年获省第二届"桃李杯"比赛优秀园丁奖。1995年荣获文化部、人事部颁发的全国文化系统先进工作者称号。2006年，他辅导的学生丁慧在第十届中国少儿戏曲艺术小梅花比赛中，获得小梅花金奖。

2021年7月12日，鄂州市演艺公司，省京剧二团启动鄂州戏曲"音像工程"，为刘兰秋、秦湘麟、胡志超、黎正清、胡志强等鄂州的京剧老艺术家们录制京剧影像，并进行名家访谈。鄂州戏曲"音像工程"采取口述、示范、表演、访谈等形式，旨在保留鄂州当代名家的名作，抢救、保护和传承鄂州优秀戏曲艺术。

2022年，湖北省优秀教育管理工作者、鄂州文化名人、原鄂州市京剧团团长、国家一级演员胡志强因病在鄂州逝世，享年78岁。西山垂首，江湖呜咽。

胡志强不仅形象好、唱腔好、演技高超，而且多才多艺，琴棋书画都行。他为人低调、待人诚恳。胡志强先生德艺双馨、为鄂派京剧艺术贡献了一生。虽然我只与他见过一面，却给我留下十分良好的印象。

纪念熊全淹诞辰111周年感言

　　著名数学家熊全淹诞辰 111 周年之际，我浮想联翩，往事历历在目。熊全淹是武汉大学数学系教授，江西新建县人，中等身材，平易近人。第一次到他家登门求教时，熊先生就是我人生转折的指路人。

　　还记得，四十一年前我第一次到他家时非常紧张。毕竟熊先生是全国著名数学家，我感觉门槛很高，高不可攀。谁知说明来意后，先生非常热情地接待了我，并送上一杯开水让我坐下。我身上的雪花还未融化，顿时全身一股暖流，紧张的心情一下缓解了。先生的夫人也在家里，一副严肃的面孔也露出了笑容。

　　先生的夫人是先生的学生，看上去要比先生年轻许多，也是武汉大学数学系教授。先生留着平头有些泛白，满口乡音。

　　熊全淹主要从事代数学的研究，著有多本相关教科书，同时致力于翻译外国优秀教科书。这些书籍多与环论有关，从基础到近代基本齐全。他认为，教学实践是实际，教材建设也是实际，并且还是最直接的实际，教材主要写思想，绝不是简单的材料堆积。不论翻译，还是校订，他总为读者着想。遇有疑难处，总是想方设法予以改善，或重写，或注释，务使读者能得到最大帮助。

　　先生著作等身。著有《初等整数论》《线性代数》《近世代数》《环构造》等数学专著，曾应邀翻译日本"现代应用数学丛书"中弥永昌吉的《代数学》，参与"美国科学技术百科全书"中第一卷《数学》的翻译与校订工作，还参加日本《数学百科辞典》的翻译与校订。

先生出生于知识分子家庭，共有兄弟姐妹五人，他排行第二。熊全淹全家，个个读书都很用功，都有相当成就。三弟熊全治早年留学美国，专攻微分几何，后任美国里海大学教授，他主编的《Journal of Differential Geometry》是微分几何的唯一国际性杂志，行销各国，很有影响。四弟熊全滋学工，多年来在美国任工程师，对工程技术有独到之处。五妹熊全沫，武汉大学生物系教授、系主任，研究鱼类学，对鱼类同工酶方面的研究卓有成就（美国出版的生物学家传略中有较详的报道）。

提到老师，熊全淹认为，他的业师中，影响他最大的有两位。一位是中学时的老师，傅种孙教授。他为人正直，刚正不阿，学问渊博，深受学生爱戴。熊全淹选学数学，与傅先生之关怀与诱导有很大关系。另一位是肖君绛教授，江西萍乡人，是中国介绍范·德·瓦尔登（B. L. Van der Waerden）《近世代数》的第一人，对近世代数与数论等方面在国内的发展，起了开拓作用。熊全淹专攻代数是受了肖先生的影响。

1934年，熊全淹由武汉大学数学系毕业。从1935年起即留任武大，50多年，没有一天离开过武大。80岁时，仍以校为家，以"从一而终"为无上光荣。然而这50多年，中国历史却是浪潮滚滚，天翻地覆。作为教书先生的熊全淹，当然也会受到各种影响与冲击。

熊全淹总是埋头做事，不与人争。他是国内知名的环论学者，所著颇丰。但几十年来，他从不为自己的事情向组织提出任何要求，总是埋头教他的书、写他的书。

他拟用模论、同调代数等近代工具处理环论来写一本新的环论专著，作为已出版的《环构造》的补充。此书主要是整理他多年来对研究生开课的讲稿，工作量较大。他希望天假以年，得以完成。这一套书的价值，行家自有公论。熊全淹多年的夙愿，总算基本完成。他喜欢用类似苏东坡的话总结自己的工作："问汝生平事业，可怜五卷残书。"认为自己没有成绩，惭愧不已。

熊全淹带研究生，总是想方设法使他们所读所做的都是近代最先进的东西；他要求学生一定要掌握先进的工具，如代数拓扑、同调理论等。他特别

强调工具一定要熟练，因为不熟就一定不会运用。他还要求学生要清楚地知道自己所学的数学分支的动态，多读杂志，尽快进入该领域的前沿，然后再逐步充实该领域边缘的学问。凡自己不熟悉的内容，就请别人来讲授。他绝不让学生囿于自己的知识范围之内。因此他的研究生大都很快就能阅读近代前沿的文献，能跟着研究其中某些问题，并且作出成果。这些成果，适应了当代环论发展的潮流，也具有相当的难度，都得到同行专家的好评。

熊全淹的书不可以泛泛而读。很多学生都有体会，读先生的书，越读越有味。已出的四本书，风格并不一致。《初等整数论》与《线性代数》，写得详细，体系明晰，该小结处，该前后照应处，书中自有交代，读起来不太费力。这是为开始接触数学的读者准备的，只要愿学，必可入门。而《近世代数》和《环构造》就不一样了。有一次一个学生问熊先生：《近世代数》怎么这样难读？若把篇幅加上一倍，写得详详细细，不是一看就明白了吗？"熊全淹回答说："应该写得简明扼要，太详细了难免啰唆。读写法简明的书有好处，可以提高阅读水平。以后再去读别人的专题研究论文就会感到比较容易了。"他的书另一特点是，把问题的近代发展写得很清楚，又提出了必要的参考文献，读者可由此到达近世前沿进入研究。他常说，数学与历史不同，内容与方法都要最新的，陈旧的古老的东西都应该被淘汰，研究生读的做的，都应该是崭新的有生命力的内容。

当年我经常去熊先生家请教有关数学分支领域的问题。他总是耐心讲解，直到我弄懂为止。熊先生的学识和人品令我敬仰，他为人坦诚、性格直爽、爱生如子、诲人不倦，深受学生爱戴。值此熊先生诞辰 111 周年之际，抚今追昔，寄托我的哀思。

理工出身的名画家

现在的画家尤其是知名画家，好多都不是科班出身的，闻名海内外的著名画家施江城就是其中的一位。他是我高中时代的校友，高我两届，系 64 届高中毕业生。

他学习成绩优秀，尤其是数理化很行。他从小就喜欢画画，极具天赋，那个年代哪有什么美术班啊！都是他自己在正常学习外的一种爱好，他高三年级时的画作比现在美术学院本科生都要强好多，在我的记忆中他画技高超，所画之物惟妙惟肖、栩栩如生。

他从武汉水运工程学院（即现在的武汉理工大学）毕业后，就分配到武汉汽轮发电机厂。在工程师的岗位上他业余创作了大量美术作品，后来调到厂宣传部专门搞创作，这个时期他的作品又是一个飞跃。

他的作品多次参加国内及国际重要展览，曾应邀赴美国、日本、新加坡、俄罗斯、波兰等国家访问及讲学，并举办个展和参加联展。他是当代著名中国画家，擅山水，精人物，尤以创作长江题材的作品而著称。出版有《施江城长江三峡图卷》《高峡平湖图卷》《施江城长江万里图》等画册。他曾受中国美协委托，为中南海、国务院、中宣部等重要国事活动场所绘制巨幅长江山水画。他的作品不仅多次参加全国重要美术展览，多次应邀赴美国、日本、新加坡、波兰、俄罗斯等国家及港、澳、台地区进行学术交流及展览访问活动，而且为中国国家博物馆、毛主席纪念堂、人民日报社、中国三峡建设委员会、中组部、中央党校、外交部、中央文史馆、湖北省政府、广东关山月美术馆、

深圳美术馆、台湾佛光缘美术馆、日本海上美术馆等数十家海内外重要机构收藏。

他现在是中国美术家协会会员、国家一级美术师、中国对外友协艺术创作院艺委会主任、文化和旅游部中国国际书画研究会理事、中央文史馆书画研究员、中国人民大学特聘教授、中国长城画院副院长、湖北省美术家协会理事、湖北省文史馆馆员，曾任湖北美术馆馆长、武汉理工大学硕士生导师。

从古至今，画长江的画家难以计数，但在今天，施江城这个名字恐怕是与长江联系得最紧密的一个。

他生在长江边，长在长江边，长江是他的艺术源泉，如母亲般养育他，他则以一腔才情反哺母亲，倾其一生用画笔为长江立传。

与长江神交数十年，施江城早已形成自己独特的审美认识，他认为："长江文化的美学精神是一种雄健畅达、清韵而激越的美，是一种浪漫飞扬、精妙而瑰丽的美，是一种陆离多彩、灵动而缥缈的神秘，是一种超越生死、知命达观的生命魅力，是一种'星垂平野阔，月涌大江流'流观宇宙大生命的运动意识。"

正是这种超越常人的深刻的宏观文化认识，使他的山水画有了自己独特的艺术风貌，在一众长江山水画家中脱颖而出，独树一帜。

施江城的山水画作，于传统笔墨中透露出时代气息，既有宏观主题，亦不乏文人意趣；乍观气势壮阔，细品画思巧妙，令人赞叹不已，著名画家孙恩道曾盛赞其"欲将才情倾天下，敢把江山揽怀中"。

哲学大家汤一介

当代著名哲学大家汤一介先生，生于1927年，卒于2014年，祖籍湖北黄梅，祖父汤霖是清朝光绪十六年的进士，父亲汤用彤是和陈寅恪、吴宓齐名的国学大师。

汤一介曾任北大哲学系教授、博导、中国哲学与文化研究所所长，2003年起担任《儒藏》编纂中心主任、首席专家。

汤一介先生出生于天津，其父出生于甘肃渭源，祖父是黄梅人，所以他的祖籍是黄梅。黄梅汤家是远近闻名的学术豪门。

汤一介的父亲汤用彤于1917年在清华获得公费留美的资格，后来到了哈佛大学，和吴宓、陈寅恪一起被称作"哈佛三杰"。汤用彤老先生回国后历任中央大学、北京大学和西南联大教授。

抗战胜利后，西南联大完成历史使命，北大从昆明回迁北京。当时胡适在美国，傅斯年作为代理校长在重庆，分身乏术的傅斯年就请汤用彤老先生帮他把北大回迁的事管起来。新中国成立后，马寅初先生来北大做第一任校长，汤用彤老先生任副校长。

汤一介先生的夫人乐黛云，1948年考入北大中文系，新中国成立前已经参加中共地下组织。作为组织成员被分配去动员教授们，希望他们留下来。乐黛云是被分配到了沈从文家，因为沈从文教过她大一的国文。

乐黛云的父亲是贵州大学英语系教授，1948年时，他认为会以长江为界南北分治，但他还是鼓励乐黛云上北大。

　　乐黛云外文基础好，又进了北大中文系，改革开放后成为中国比较文学的"拓荒者"。

　　汤用彤老先生是一位能把中、印、欧三种文化融会贯通的哲学家，放眼北大，能够同时讲欧洲哲学、中国哲学和印度哲学的恐怕只有他了。

　　汤一介子承父业，和父亲汤用彤共同筑建了魏晋玄学的理论构想，这被看作是他重要的学术成就之一。汤一介通过研究魏晋玄学的体系，找出魏晋玄学的内在逻辑、发展理路，突破了前人的研究方法，是对汤用彤魏晋玄学研究的补充。

　　在《论中国传统哲学范畴诸问题》中，汤一介讨论了中国哲学的概念范畴问题，并为中国哲学建构了范畴体系。在《论中国传统哲学中的真善美问题》一文中，汤一介提出中国哲学常以三个基本命题来表达他们对真善美的观点，这就是"天人合一"（讨论"真"的问题，即宇宙人生的根本问题），"知行合一"（讨论"善"的问题，即做人的根本道理），"情景合一"（讨论"美"的问题，即审美境界的问题），而"知行合一"与"情景合一"这两个命题是由"天人合一"展开而对宇宙人生不同侧面的表述。在《再论中国传统哲学中的真善美问题》一文中，汤一介把中国哲学中的三大哲学家与德国古典哲学的三大哲学家做了对比，借此说明孔子、老子、庄子在真善美问题上的不同认知，同时也说明中国哲学和西方哲学在这个问题上的不同。

　　20 世纪 90 年代，针对亨廷顿的"文明冲突论"，汤一介先生提出"和而不同"对当今世界、人类发展的重要意义，认为 21 世纪人类社会面对的主要问题是"和平与发展"，这就需要调整好不同文明传统的国家与国家、民族与民族、地域与地域之间的关系，而中国古已有之的"和而不同"可以作为全球伦理的一个原则，为解决这两大问题作出贡献。

　　汤一介在《"和而不同"原则的价值资源》中说明："在不同文化传统中应该可以通过文化的交往与对话，在商谈中取得某种共识，这是由'不同'达到某种意义上的'认同'的过程。这种'认同'不是一方消灭一方，也不是一方'同化'一方，而是在两种文化中寻找某种交汇点或者是可以互补的方面，并在此基础上推进双方文化的发展，这正是'和'的作用。"

汤一介先生著作等身，专著有《郭象与魏晋玄学》《早期道教史》《在非有非无之间》《中国传统文化中的儒道释》《儒道释与内在超越问题》《非实非虚集》《汤一介学术文化随笔》《儒教、佛教、道教、基督教与中国文化》《昔不至今》《魏晋南北朝时期的道教》《和而不同》《生死》等等，显露了他作为哲学家的才华。

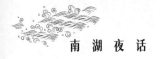

吴雁泽清响遏云的歌声

　　吴雁泽，我国著名男高音歌唱家，从事中国声乐演唱和研究工作，并身体力行地走出了一条科学的、具有中华民族气质特点的歌唱道路，被誉为"歌唱诗人""歌坛上的常青树"，1984 年被文化部授予"民族音乐艺术家"称号。

　　1992 年他被文化部调回北京担任中国歌剧院院长，他还是中国音乐家协会常务理事、中国少数民族声乐学会副会长，曾任中国文联副主席、中国音乐家协会副主席、全国政协委员。

　　他有着润柔的音质、宽广的音域，气息饱满而深长，善于演唱不同风格的歌曲；他的演唱韵味浓厚、技巧精湛、咬字准确，1995 年 11 月荣获中国唱片总公司颁发的第三届"金唱片"奖。

　　吴雁泽精湛的歌唱技艺令人惊叹，真假声自然融合，假声运用自如，真切动人的歌唱情感与润腔，中国歌坛无人可比。

　　在歌唱艺术中，对于男高音来说，具备和掌握成熟的高音技术，是歌唱走向成熟和完善的重要条件，聆听中外优秀男高音歌唱家的演唱，无不体现出这一技术特征。吴雁泽的演唱给人印象最深的是高远流丽，如同评价帕瓦罗蒂一样，他也是"High C 之王"。1991 年 10 月，他在新加坡举办个人独唱音乐会，引起轰动，新加坡音乐家在报上撰文称赞"中国美声唱法震撼狮城"。

　　他的演唱在体现出我们传统民族声乐的"甜、亮、水、脆、柔"声音特质的同时，又体现出古典美声柔和、秀丽而富有弹性的风格特质。他的西部风格作品有《汾河流水哗啦啦》《一湾湾流水》《马蹄踏月走高原》；鄂西风格作品有《清江放排》《看见月光看见了你》《月光如水》《春风最晓恋人意》《再见吧大别山》等，而《拉网小调》《龙舟竞渡》《我的太阳》等作品则在基本风格的基础上更多地体现出一些阳刚俊秀的气质。

吴雁泽演唱的"古典精致"体现在起音的典雅和用嗓用声的精致统一上。

一是歌唱起音的舒缓准确。吴雁泽的演唱主要采用缓起音、软起音的方式。正确的起音是良好的气息支持和声门闭合的协调配合，是调整气息及喉头状态，使声音共鸣更加集中的最基本的方法。

二是演唱中的"混声唱法"或"混声技术"的运用。吴雁泽演唱的《一湾湾流水》《马蹄踏月走高原》《龙舟竞渡》《再见吧大别山》都堪称民族唱法中"混声唱法"或"混声技术"运用的经典。

我从年轻时就一直喜欢听吴雁泽的歌，尤其是经典老歌《再见了大别山》，吴雁泽响亮的歌喉唱出离别大别山的真情，他的作品脍炙人口，悠扬动听，沁人心脾。

掘耕于华文文学的学者

掘耕于华文文学的学者江少川，是华中师范大学文学院教授，中国世界华文文学学会理事。他 1964 年毕业于华中师范大学中文系，毕业后在武汉市卫生学校任教。"文革"时期高校废考停招，我求学无门，参加工作后由单位派送武汉市卫生学校药剂班学习，江少川是我的班主任兼医学拉丁语老师。在我的记忆中，当年江老师在《长江日报》文艺专栏上发表了大量讴歌白衣战士的诗歌和文艺作品。

恢复高考后，我考上大学，江少川老师回到母校华中师大教书，从事写作学的教学与研究，20 世纪 80 年代转向台港澳文学研究，新世纪至今从事海外华文文学研究。主讲写作学、台港澳文学、大学语文等课程。著有《优秀作文选》《现代写作精要》《现代写作概论》《大学语文》《大学语文导读》《成人应试作文指南》《台湾文学教程》《台港澳文学作品选》《写作》《实用写作教程》《新编大学实用写作》《高等语文》《解读八面人生——评高阳历史小说》《大学人文语文》《中国当代文学作品选（台港澳卷）》《台港澳暨海外华文文学教程》《海天苍苍——海外华裔作家访谈录》等多部作品，另在海内外报刊发表论文数十篇。

台港澳文学，是改革开放催生出的一门新学科。江少川说，"文革"及以前的十七年，"台港澳"是个敏感得让人噤若寒蝉的字眼，台港澳文学同样是文学教育与研究的禁地。

"当在 1979 年第三期的《十月》上读到白先勇的小说《永远的尹雪艳》时，

我如同走进了一个陌生的文学天地，原来台湾还有如此富有才情的作家"，江少川说这一年，台湾作家在他心中埋下了第一颗种子。

正是在这一年，江少川重新回到自己梦魂牵绕的母校华中师范学院中文系任教，主授写作课程。江少川非常珍惜人生的这次重大转折，庆幸能走上母校的教坛。他认真上好每堂课，而且努力使自己成为一位称职的高校教师。他记住一位前辈说的话："术业有专攻，你在某个领域勤奋耕耘十年，你就是专家。"

在写作领域多年掘耕，江少川的努力有了收获。他主编的《实用写作教程》（华中师范大学出版社，1989 年）三次修订，多次重印，获得了第六届全国教育书展优秀畅销书奖，现已发行了 21 年；他主编的《写作》（高等教育出版社，1994 年）是全国卫星电视教育的指定教材，重印 24 次，2010 年又经修订再版；他独著的《现代写作精要》（华中师范大学出版社，1998 年）凝聚了自己从事写作教学与研究多年的思考，是国家"九五"重点图书，并荣获了中国写作学会第二届优秀著作成果三等奖。

"同时，我也一直在探索新的学术空间、寻求新的学术生长点"，江少川回忆说。1988 年的秋天，他的一位表兄从台北返乡探亲，在机场出站口，两位阔别四十年、鬓发银白的老姐弟抱头痛哭的一幕，给他留下了深刻难忘的印象。表兄回台后，给他寄来一包台湾版的文学作品集。

江少川说，"那时，长期在中文系讲基础课的我，正在文学的原野上寻找自己的耕地，台港澳的名家力作以独异的审美风貌、诱人的艺术魔力深深将我吸引"。从此，江少川与台港澳文学研究结缘，开始在这块土地上勤奋耕耘。台港澳文学相较于大陆的文学，是一个新的研究领域，一直少有人关注，值得开拓。而且，海外华人与中华文化有着血浓于水的脉脉深情。台港澳文学既承继了中华文化的优秀传统，同时又吸纳了外来文学的影响，具有特殊的地域性，名家名作颇多，具有研究的价值。

台港澳的名家力作以各异的审美风貌深深地吸引着江少川。他关注的诗人、小说家和散文家数量较多，发表了多篇有关作家作品的个案研究论文。与此同时，他也注意在文学史层面上展开宏观观照，先后发表了《当代台湾

小说的流派与嬗变》《当代香港本土小说的流变》《世纪沧桑中的澳门文学回眸》等具有历史感、概括性的学术论文。

江少川注意到将"点"与"面"两者有机结合，注重个别与一般的辩证统一，从"高阳研究"中就可见一斑。高阳是全球华人读者最喜爱的历史小说家，国内首家高阳研究中心就设在华中师范大学文学院。"我是这个中心的主要成员，撰写过系列的研究论文，其中的《高阳历史小说的悲剧意识》一文是高阳研究的代表作之一。我主编的《解读八面人生——高阳历史小说评论》，先后由大陆中华工商联合出版社出版简体字版和台湾的黎明文化出版有限公司出版繁体字版。"江少川说。

在这些个案研究的积累之上，江少川又从广阔的文化视野中发掘高阳历史小说的意义和品格，主持了教育部人文社科研究"九五"规划项目《文化视野中的高阳历史小说研究》，将高阳研究提升到一个更高的学术层面之上。

江少川的台港澳文学研究始终没有脱离自己热爱的讲台。他不断将研究心得引入课堂，努力把台港澳文学纳入到当代文学的视野之中，以促进中国现当代文学的学科建设与发展。20世纪90年代中期，他就给本科生开设了台港文学课，培养了台港文学方向的研究生。

江少川与人合著的《台港文学教程》（长江文艺出版社，1996年）、《台港文学精品赏析》（长江文艺出版社，1996年），以及他本人撰写的《台港澳文学作品选评》（华中师范大学出版社，2000年）等高校文科教材，已多次再版重印。2005年，作为他台港澳文学研究结晶的专著《台港澳文学论稿》由北京大学出版社出版。此书出版后引起学界高度重视，已有多位学者发表了书评。武汉大学张晶博士把该著列为台港澳文学研究领域的"开山之作"，国内一些知名高校还把该著指定为相关精品课程的必读参考书。

进入新世纪，另一个新的领域——海外华文文学研究，又吸引了江少川的目光。"海外华文文学研究是台港澳文学研究的自然延伸，是全球化文化大背景之下的新的文学增长点。"江少川说。

相较于之前的台港澳文学研究，江少川在海外华人文学研究方面力求视野更加宏阔。他发表的《论新移民小说的时间诗学建构》《新移民诗歌的空间诗学》《新移民作家的文化立场》和《女性书写·时间诗学·影像叙事——读吕红中短篇小说集》等论文，都是从诗学建构的角度来整体上认识海外新移民文学的特质。比如以"第三文化"——由母语书写的原创性文化，即第一文化与移居国的第二文化之间碰撞交融而产生的文化——作为支点，解析新移民文学，提出了有新意的结论。作为世界华文文学学会会刊的《华文文学》杂志，2009 年特邀江少川主持了"新移民文学研究专栏"，组织发表了多篇有较高质量的研究论文，受到海内外华文文学界的广泛关注。

江少川最早关注的旅美作家严歌苓，是影响很大的、高产的移民作家。针对她不同的小说文本，他分别从叙事、文化与比较的视角，写了《边缘女生存悲剧的现代叙事——评〈谁家有女初长成〉》《传奇恋情下的蕴涵深度——〈扶桑〉与〈洛丽塔〉的比较研究》《文化视野 人性开掘 现代叙事——评严歌苓新作〈第九个寡妇〉》等系列文论。而对旅加作家张翎的小说，江少川则运用空间意象加以观照；对旅美作家吕红则从女性主义角度切入。

2007 年，江少川主编的《台港澳文学暨海外华文文学教程》（华中师范大学出版社）在国内首次将台港澳文学和海外华文文学整编在一起，搭建了中国文学与海外华文文学的桥梁，被余光中先生誉为"当有里程碑的意义"。中华文化传统是贯穿全书的血脉，正是这一文化脉络把包括台港澳在内的华文文学与延伸到海外的华文文学连接成为一个难以分割的生命整体。

江少川说："台港澳暨海外华文文学研究开阔了我的学术视野，丰富了我的学术交流活动，尤其是国际间的学术交流。"2010 年夏，江少川赴吉隆坡参加了第三届马华文学国际研讨会，他撰写的论文《底层移民家族小说的跨域书写——论张翎的长篇新作〈金山〉》，作为首届加拿大华裔/华文文学国际学术研讨会的参会论文，夺得了由加拿大中国笔会与龙源期刊网联合组织的"加拿大华裔/华文文学论文奖"评选活动的优秀奖（论文奖只评出三篇）。2010年 10 月，江少川又受邀成为马来西亚最具代表性的文学奖项"花踪文学奖"的推荐人。

为记录新移民作家的足迹，2002 年，江少川开始着手进行新移民作家的系列访谈。到 2013 年，他已经访谈了少君、严歌苓、林湄、张翎、哈金、陈

瑞琳、黄宗之、朱雪梅、吕红、刘荒田、章平等 30 余位有影响的新移民作家。"这些访谈都是我在参加华文文学国际研讨会期间与这些作家进行面对面的采访、交流后整理而成的,并先后发表于海内外的学术刊物上,还被海外华人文学的研究者多次引用。"江少川说。

学者访谈录是当今国际上非常推崇的一种学术写作体裁。它不仅具有第一手的资料文献价值,还为海外华文文学的深入发展打下扎实的基础,访谈中的双方,研讨切磋,经常会激发出不少意想不到的智慧火花。2014 年底,46 万字的《海山苍苍——海外华裔作家访谈录》由九州出版社出版。

此书中的大部分作家都与江少川有过面对面的对谈,谈话中,作家的个性、才情、智慧袒露无遗,真诚、坦率、自由的对话常常擦亮思想的火花,碰撞出真知灼见。另有一部分作家因无缘相逢,通过越洋电话、隔海电邮进行。此次出版,江少川对其中部分作家又做了跟踪、补充采访,添加了新内容。对作家的访谈,主线与核心部分自然是谈文学与创作,同时广泛涉及移民、文化、教育、美学、社会、宗教、哲学诸方面的内容。

该书一经出版,《文艺报》就先后连续刊载 3 篇有关该著作的创作谈及评论。著名学者、作家李硕儒在《文艺报》撰文评价说,此书不仅评介了那些有成就有代表性的海外华人作家的写作成就,同时也介绍了他们的生存状态、生命状态、写作状态和对生命的人文思考。著名华裔作家陈瑞琳在《文艺报》撰文评价说,该书的重要特征在于它的深度性:即每篇采访都是在对作家做了深入的研究之后进行的,江少川不仅阅读了作家的主要作品,而且撰写了大量的学术评论。正因为有此学术准备,在访谈中,笔者与作家不时迸发出思想的火花。

他批阅十载,采访了几乎所有能找到的代表作家,阅读了这些代表作家的几乎所有的能找到的代表作品、资料。他可以说是对新移民作家的作品阅读量最多的一位研究者。

海外华文文学资深学者、中国小说学会名誉副会长、中国南昌大学教授陈公仲在《世界华文文学论坛》撰文这样评价江少川及其《海山苍苍——海外华裔作家访谈录》:这本沉甸甸的访谈录,无论是史料价值、文献意义,还是对作家作品的考察研究，对文学史观、文学理论的探寻剖析，甚至对各行各业的业余文学读者，都是不可代替的重要的著作。这是新移民文学的作家和研究者，以及广大的文学爱好者的一个福音，一本必读书。

学者李耀威在《世界文学评论》撰文评价说，访谈录的学术价值主要表现在几个方面：一是与当代海外华裔作家进行直接的深度交流，记录、保存了鲜活、珍贵的第一手文学史资料。二是访谈以文学作品探讨为主线，将创作动因、影视改编及新媒体传播等多方面内容有机结合起来，从而多视角、全方位地展示海外华裔作家的创作成就。三是高度关注受访者的"身份认同"，以及他们的作家身份与作品在东西方不同文化语境的接受状况。

汉字编码今昔

20 世纪 80 年代，一场汉字编码的运动兴起，当年可谓"百花齐放，百家争鸣"。1987 年暑假，我们各自带着自己开发的汉字编码输入法软件，从全国各地来到厦门大学参加交流评比。

根据应用目的的不同，汉字编码分为外码、交换码、机内码和字形码。

外码也叫输入码，是用来将汉字输入到计算机中的一组键盘符号。目前常用的输入码有拼音码、五笔字型码、自然码、表形码、认知码、区位码和电报码等，一种好的编码应有编码规则简单、易学好记、操作方便、重码率低、输入速度快等优点，每个人可根据自己的需要进行选择。实际运用中主要就是智能全拼输入法和五笔字型输入法。

计算机内部处理的信息，都是用二进制代码表示的，汉字也不例外。而二进制代码使用起来是不方便的，于是需要采用信息交换码。中国标准总局1981 年制定了中华人民共和国国家标准 GB2312-80《信息交换用汉字编码字符集——基本集》，即国标码。

区位码是国标码的另一种表现形式，把国标 GB2312-80 中的汉字、图形符号组成一个 94×94 的方阵，分为 94 个"区"，每区包含 94 个"位"，其中"区"的序号由 01 至 94，"位"的序号也是从 01 至 94。94 个区中位置总数 =94×94=8836 个，其中 7445 个汉字和图形字符中的每一个占一个位置后，还剩下 1391 个空位，这 1391 个位置空下来保留备用。

根据国标码的规定，每一个汉字都有了确定的二进制代码，在微机内部汉字代码都用机内码，在磁盘上记录汉字代码也使用机内码。

字形码是汉字的输出码，输出汉字时都采用图形方式，无论汉字的笔画多少，每个汉字都可以写在同样大小的方块中。通常用 16×16 点阵来显示汉字。

在厦门大学召开的全国汉字编码输入法交流大会上，一个多星期时间展示了 100 多种汉字输入码。真正行之有效的只有拼音码、五笔字型码、自然码、表形码、认知码、区位码和电报码，能被国家推荐使用的只有五笔字型码和自然码。

五笔字型发明人王永民毕业于中国科技大学，他早年在河南南阳地区科委工作期间一直潜心研究五笔字型汉字编码，他得益于罗干而一举成名，是享誉海内外的五笔汉字输入法发明人，是中国的比尔·盖茨。20 世纪 90 年代，我与他有过接触。

王永民是教授级高级工程师，以五年之功研究并发明"五笔字型"，以多学科之集成和创造，提出"形码设计三原理"，首创"汉字字根周期表"，发明 25 键 4 码高效汉字输入法和字词兼容技术。在世界上，首破电脑汉字输入每分钟 100 字大关，获中、美、英三国专利。

他于 1943 年 12 月 5 日出生于郑州郊区的农民家庭（但是媒体报道是河南省南阳市鸭河工区贫农家庭），1962 年考入中国科技大学无线电电子学系，通诗文、书法、篆刻和音乐。他不仅是一位专家学者，也是一位多才多艺之人。他的书法的确很好，他演奏二胡悦耳动听，"余音绕梁三日"，他还发明了自动洗澡搓背机，等等，他是一个聪明绝顶，热情洋溢的人。

他发明的五笔字型，开创了电脑汉字输入的新纪元，至今仍自称是"一介书生、半个农民"。这个被誉为"当代毕昇"的五笔字型的发明者，不久前再次口出"狂言"，发表了一则"耸人听闻"的言论："拼音输入——汉字文化的掘墓机。"

他认为，在电脑和手机上用拼音输入汉字，实际上是在"用拼音代替汉字"。长此以往，必然使越来越多的人提笔忘字，甚至不会写字，使报纸、书籍、电视屏幕上的错别字越来越多。他认为，造成这一严重危机的根源，就

是人们把"拼音字母"当成了思维和书写的载体，而汉字的灵魂即笔画和结构，却蜕变成了汉字的"第二层衣服"，亦即成了"拼音字母"的衣服。这种主客易位、本末倒置的做法，是对汉字的自我疏远，对汉字文化的自动阉割。

这则言论先是在王码集团内部的《王码通讯》上发表，而后又被一家国内知名媒体转载引用，因此反响强烈。"这是历史赋予我的机遇"，对于王永民来说，他处于一个天时、地利、人和的社会背景中。在这个背景下，人类进入了信息时代，而汉字却遭遇了"生死劫"，恰恰正是这一劫，成就了王永民。1980 年前后，即在五笔字型被发明之前，就曾经有诸多人论断：计算机是汉字文化的掘墓机。这和王永民的言论，都传达出了汉字如今所面临的关乎生死的问题。但在人类文明史上，汉字这种充满魅力的文字符号，在现代文明世界里总是在一次又一次地遭遇着各种各样的冲击。

现代考古学证明，中国文化的起源是多元的，但其中心地带在黄河中下游地区。而在汉字的发展史上，河南从来都处于中心的中心。三千多年来，中国汉字发展史上有三大里程碑：在河南安阳殷墟被发现的距今已 3700 年的甲骨文，揭开了汉字文明史的宏大序幕；公元 100 年前后，河南郾城的许慎写了一本书，叫做《说文解字》，被称为汉字的第一部宝典；在互联网飞速发展的今天，汉字遭遇时代生死劫的时候，河南的王永民又发明了被国内外专家评价为"其意义不亚于活字印刷术"的"五笔字型"。由此看来，汉字发展的三大里程碑均发源于河南，河南人对汉字的发展做出了卓越的贡献。

王永民对中国汉字文化的贡献是巨大的，一个国家有一个国家的文化，一种文化有一种文化的表达。中国作为一个历史悠久的文明大国，自然也有着深厚的文化底蕴，而汉字恰恰就是数千年来中华文化的表达和见证。而近年来发生的"去汉字化"趋势和"汉字危机"，如任其发展，则很有可能影响到国家安全和统一。

在全世界试图攻克"汉字输入"难关的"万码奔腾"之中，王永明的五笔字型应运而生。由国家教育部门发起并支持的一个叫"认知码"的科研项目，纳入了国家 863 重大科研项目，获得了大量资金。

但是经过科学论证，国家最后认可的还是王永民的五笔字型输入法。

我的表弟

我的表弟熊汉明是一位中学语文教师，大学本科学历，中学高级教师职称。他中等身材、面目端庄；稳重憨厚、为人低调；精通文史、谈吐不凡；情趣高雅、擅长书法，可谓文人墨客。

他与我交往甚多，谈古论今、无话不说。三十多年前，我的著作《计算机软件移植技术》在中南财经大学书店脱销后，应读者需要，我和表弟一起将家中仅存的四十多本书肩扛手提到大学书店。殊不知，大约六七里路，几十万字的著作，一人要扛二十几本，其重量可想而知。当时是满头大汗、精疲力竭，可是表弟毫无怨言，却是笑呵呵。

几十年米，我们交往频繁，相互了解。我不仅知其文学功底深厚、中外历史了如指掌，还知其文笔流畅，或笔底烟花、笔醋墨饱；或笔力独扛、璧坐玑驰，更知其书法出众、笔精墨妙。这样一位颇有文才的教师却在一所普通中学任教，的确怀才不遇。

他的同学在区中学教研室任高中语文教研员，对他评价很高。论能力和水平，他完全可以到重点高中任教。

是金子在哪里一样发光，熊汉明在教学一线辛勤耕耘，同时把工会工作搞得有声有色，充分发挥其写作和书法的优势，深受广大教职员工欢迎。

他为人低调、待人诚恳、工作踏实、任劳任怨、教学认真、德高望重，是一名好教师、好干部、好党员。

孝子之至，莫大乎尊亲。他孝敬父母，为天下人楷模。我还记得在他生

活最困难的时候，依然承担他母亲患病的全部开支和生活费用。我还记得他母亲病重时，他悲痛欲绝的情景。他自己省吃俭用而从不亏待他母亲的孝心，的确难能可贵。

我最喜欢他的是朴实稳重、低调谦虚、待人诚恳、实在靠谱。我更喜欢他的书法，墨轻磨满几香，砚池新浴灿生光，或劲健，或婉转，或如婀娜窈窕的美人，或如矫健勇猛的壮士，或如春风拂面繁花一片，或如北风入关深沉冷峻。其楷书，笔酣墨饱、一字见心；下笔风雷、入木三分；飞龙舞凤、心正笔正。

他知书达理、赤诚相待。我母亲在世时，几十年如一日，他逢年过节都要看望我的母亲。不管我母亲住在哪里，他都要找到；无论严寒酷暑、刮风下雨，他都会赶到。他的诚心诚意，我们为之感动。

龙榆生一生诗词著作之精华

　　唐诗宋词星光灿烂，后世者不断发扬光大。古代有苏轼、李清照等杰出大师，近代杰出的词人也层出不穷，但"民国四大词人"之一的龙榆生不仅被称为中国词学的奠基人，更让一代诗词学人都与之惺惺相惜。

　　龙榆生出生于 1902 年，其父亲龙赓言与文廷式、蔡元培是光绪十六年（1890 年）的同榜进士，龙榆生在父亲的指导下，熟读了《史记》《文选》等文史名著，并学会了诗词骈文。后师从黄季刚、陈石遗学诗，从朱祖谋修音韵学和诗词。先后在暨南大学、广州中山大学、南京中央大学及上海音乐学院等校任教授。

　　龙榆生对词学的研究，既有师承，又有个人的真知灼见。他几十年如一日，孜孜不倦地从事词学的研究、创作和教学，为继承发扬祖国的文化遗产付出了毕生的精力。

　　龙榆生词学研究的领域广泛，成就卓著。常年任教于各大学校的他，在写下一部部词学专著的同时，也一直不忘整理概论和选本。最近出版精选概论三种，选本四种，书牍二种，我们借此可以窥见其一生治学的全貌。

　　我有幸抢先拜读了他的鸿篇巨制，其《东坡乐府笺》正文部分包括本文、校记、朱孝臧注、龙榆生笺等内容。苏词本身之优美精彩固不必说，朱、龙二位大家的笺注考证翔实、注解精到。检索方便，书末附《篇目索引》可以依据笔画一览相同词牌下的所有内容，是当今研读苏词不可或缺的经典文本。

　　还有《唐宋名家词选》选录名家 42 家，词作 489 首，后陆续增补扩充至

作家 94 人，词作 708 首。"全本"收录唐宋两代名家名作，并附作者小传和历代点评。恢复因历史原因删除的 158 首词和自序等，全面而真实地反映龙氏选目意图和词学观点。

现在人们学习的《唐宋词格律》，是专讲唐宋词体制、格律的著作。共收词牌 150 余调，以韵脚分为五大类。每一词牌都说明它的来历和演变情况，每一词牌标有"定格""变格"，并标明句读、平仄和韵位，并附有例证。

龙榆生的诗词专著可谓不朽之作，毛泽东曾说过：龙先生学问渊博，我的学问不及他呢。马一浮也说过：古典文学后此恐乏解人。钱锺书、赵朴初、方诗铭等文化学者也对他有很高评价。

整肃诗词学界学风、诗风势在必行，诗词评审要客观公正，诗刊发表要规范严谨，对于那些不懂诗词格律和音韵学的所谓诗人的作品拒之门外。

好在《龙榆生作品精选集》既可以作为古典诗词爱好者的案头必备典籍加以赏玩，又可以作为青年学子提升文化修养、学习典雅文言的经典读本加以研读，更是那些蹩足诗人重新学习的最好读物。

龙榆生是 20 世纪最负盛名的词人，无人可比。

庾信平生最萧瑟　暮年诗赋动江关

著名华裔数学家张益唐在北大讲坛解释理论相关时，为表达自己的心情吟诵了两句诗："庾信平生最萧瑟，暮年诗赋动江关。"

这两句诗，出自杜甫《咏怀古迹（五首）》其一，翻译成大白话就是：庾信的一生最为坎坷悲凉，但晚年的诗赋震撼了江关。庾信是南北朝时期的文学家，虽然没有杜甫那么出名，但杜甫对庾信的诗赋推崇备至，连夸自己的"爱豆"李白时，也要说李白的诗"清新庾开府"，有庾信诗作的清新之气。如《春日忆李白》："白也诗无敌，飘然思不群。清新庾开府，俊逸鲍参军。渭北春天树，江东日暮云。何时一樽酒，重与细论文。"

张益唐吟诵的这两句诗，经过反复琢磨，我对他近期发表论文和其经历的万千感慨，似乎都凝结在这句话中了。

张益唐本就是在数学和文学里面找快乐的人——当年出国时，除了带换洗衣服，他的行李里只有一双筷子和一本《古文观止》。而张益唐和自比的庾信之间，的确也有千丝万缕的相似之处。

大约因为他们的人生路径同样高开，也同样"坎坷"。因家学渊源，庾信十几岁时就给梁朝太子当伴读，比普通士人来说，起点高出不少。后来，朝廷使命在身，庾信去国离乡，出使西魏。结果梁朝覆灭，庾信被囚，又颠沛流离，先后被西魏、北周扣留，再也没有回到故土。

说回到张益唐，他的起跑线，也挺耀眼。出身知识分子家庭的他，父亲是大学教授。他自己在 23 岁那年参加高考，顺利考入北京大学数学系。1978

至 1985 年，张益唐在北大数院拿到了本科和硕士学位，并在硕士期间师从我国著名数学家潘承彪教授。

因为表现优异，在导师们的推荐下，张益唐获得公派留学名额，在 1985 年前往美国普渡大学，攻读博士学位。导师是台湾籍教授莫宗坚，问题就出在这里，张益唐并不热衷代数几何，而是痴迷数论，所以导致读博期间发表论文很少，六年半博士毕业，导师没有给他写推荐信。

由于没有拿到导师的推荐信、论文又少、加上性格内向，所以许多大学和科研院所将他拒之门外。他在美国一度漂泊，他做过餐馆会计、收银员、快递员，也在加油站、超市打过零工，长达八年的低谷期，他始终没有停下对数学的思考。

后来在朋友帮助下，他在美国东部一所名不见经传的大学担任临时讲师，却几乎没有发表什么论文，也不在意转正和评职称的事情，安于书斋和讲台，一心在数学征途上孤独跋涉。这对于渴望重回学术界的张益唐来说，弥足珍贵。

终于功夫不负有心人，经过多年酝酿思考，张益唐关于"孪生素数猜想"在一个不经意的瞬间有了头绪。2013 年，他关于"孪生素数猜想"的实证方法，被发表在数学界最有声誉的《数学年刊》上，国际数学界沸腾一片。这一猜想与著名的"哥德巴赫猜想"齐名，上百年来无数学者为之努力，始终无果。张益唐的研究，成就了一个里程碑式的定理。

其实，在他漂泊打工期间，不乏有很多机会。北大在内的国内高校曾向他抛出橄榄枝，却被他拒绝了，外界因此盛传"曾经的北大学子，宁愿留在美国端盘子，也愿不回国当教授"，让他饱受争议。

不过张益唐的解释也很简单。他表示，回国要面临的科研环境压力太大，反而不能一心一意搞研究。"世俗压力是你躲不开的。如果不出论文，我自己可以沉住气，但家人、亲朋好友不答应。在美国就没有这个问题，在一个快餐店打工，在一个超市收钱，没有人看不起你。"

放眼世界，像张益唐这样心无旁骛搞研究的数学家，十分难得。毕竟，在现行高校考核机制下，一个学者想要获得终身教职，就需要频繁地发表论文，对此张益唐没有兴趣。

他更感兴趣的是，解决那些悬而未决的数学猜想，它们就像是横在人类智力面前的一道道横杆，等待他的跨越。

"不鸣则已，一鸣惊人"，张益唐又一次变得忙碌起来。在11月4日，他的新作《离散平均数估计和朗道－西格尔零点》提交在预印本平台 arXiv，此后，他出席的学术报告和研讨会，一个接着一个。

简单地说，通过这篇文章，张益唐突破了一个"千古悬案"般的数学问题：论文部分证明了，"朗道－西格尔零点"不存在。

这是一个数论问题，介绍起来艰难。数学已经足够艰深和抽象，更何况，"数论"这一分支是典型的纯粹数学，距离生活实在太远。不过，我们依然可以理解它的重要性。

这些著名的数学问题，考验了几个世纪，甚至十几个世纪的数学家。多少天才耗尽心血，仍然终身不得收获。

张益唐一人之力，已经突破了两个，这令他充满了传奇色彩。所以，无怪乎张益唐的朋友、同时也是数论学家的 Stopple 教授说，连续取得两个著名问题的进展，"就像是同一个人被闪电劈中两次"。意思是说，概率非常的低，几乎不可能。但张益唐真的做到了。张益唐的研究成果是世界数学界举世无双的，他的意义将是划时代的。

京剧言派老生

　　京剧老生流派的形成，约在清道光末叶至咸丰初年这一段时间里。当时有以张二奎为代表的"奎派"，和以余三胜为代表的"鄂派"，以及被当时誉为"伶圣"的程长庚，是为"徽派"。到同治初年，鄂人王九龄亦以演老生戏享盛名。在谭鑫培崛起以前，主要的老生流派即为这四家。

　　京剧发展到今天，仍活跃在舞台上的老生流派主要有八个，他们分别是余叔岩先生的余派、马连良先生的马派、高庆奎先生的高派、言菊朋先生的言派、谭富英先生的谭派、奚啸伯先生的奚派、杨宝森先生的杨派，还有麒麟童周信芳先生的麒派。

　　余叔岩先生的余派代表剧目有：《战樊城》《长亭会》《摘缨会》《黄金台》《太平桥》《上天台》《捉放宿店》《击鼓骂曹》《阳平关》《连营寨》《空城计》《战宛城》《南阳关》《武家坡》《汾河湾》《卖马当锏》《珠帘寨》《桑园寄子》《托兆碰碑》《洪羊洞》《四郎探母》《打渔杀家》《御碑亭》《打侄上坟》《天雷报》《二进宫》《失印救火》《乌龙院》《乌盆记》《翠屏山》《打严嵩》等。

　　马连良先生的马派代表剧目有：新戏是《十老安刘》《赵氏孤儿》《海瑞罢官》；传统剧目是《甘露寺》《群英会·借东风》《清官册》《一捧雪》《九更天》《四进士》《梅龙镇》《御碑亭》《十道本》《坐楼杀惜》《清风亭》《三娘教子》《三字经》《汾河湾》《武家坡》《桑园会》《范仲禹》《白蟒台》《火牛阵》《胭脂宝褶》《焚绵山》《渭水河》《状元谱》《断臂说书》《宝莲灯》《珠帘寨》《铁莲花》《打严嵩》《广泰庄》《三顾茅庐》《法门寺》《打登州》《南阳关》《定军山》《阳平关》。

谭富英先生的谭派剧目有:《盗宗卷》《定军山》《阳平关》《南阳关》《太平桥》《失空斩》《战长沙》《捉放曹》《搜孤救孤》《当锏卖马》《桑园寄子》《碰碑》《洪羊洞》《乌盆记》《四郎探母》《镇潭州》《王佐断臂》《问樵闹府·打棍出箱》《状元谱》《失印救火》《清风亭》《一捧雪》《南天门》《桑园会》《武家坡》《汾河湾》《打渔杀家》《珠帘寨》《连营寨》《翠屏山》等。

杨宝森先生的杨派剧目有:《失街亭·空城计·斩马谡》《鼎盛春秋》《击鼓骂曹》《大保国、探皇陵、二进宫》《问樵闹府、打棍出箱》《王佐断臂》《洪羊洞》《碰碑》《清官册》《桑园寄子》《二堂舍子》《红鬃烈马》《卖马》《打登州》《捉放曹》及《珠帘寨》《定军山》《阳平关》《朱痕记》《搜孤救孤》《乌盆记》《摘缨会》《一捧雪》《桑园会》《四郎探母》等。

麒麟童周信芳先生的麒派剧目有:《打渔杀家》《打严嵩》《四进士》《投军别窑》《乌龙院》《萧何月下追韩信》《徐策跑城》《清风亭》《明末遗恨》《义责王魁》《海瑞上疏》等。

高庆奎先生的高派剧目有:《辕门斩子》《斩黄袍》《珠帘寨》《四郎探母》《浔阳楼》等。

言菊朋先生的言派常演剧目有:《骂殿》《打金枝》《白蟒台》《武昭关》《金水桥》《骂王朗》《骂杨广》《南阳关》《忠烈图》《龙凤呈祥》《黄鹤楼》《卧龙吊孝》等。此外还有《空城计》《南天门》《洪羊洞》《捉放曹》等谭派名剧。

奚啸伯先生的奚派剧目有:《白帝城》《范进中举》《杨家将》《失空斩》《上天台》《红鬃烈马》《将相和》《赵氏孤儿》《法门寺》《乌盆记》《珠帘寨》《击鼓骂曹》《打渔杀家》《四郎探母》《甘露寺》等。

话说言派老生言菊朋先生,他在表演中善于体贴剧情,又对音韵学比较在行,因此他的唱腔主要特点是变化多,有情感,讲究吐字发音,注意气口(即歌唱中间的偷气换气),强调行腔时音节的起伏顿挫。

不过言氏晚年过分追求腔调的尖新纤巧,不免矫揉造作,甚至由于刻意求工而不惜加重斧凿痕迹,有点矫枉过正,欲益反损。京戏的传统唱法讲究字正腔圆,遇有字和腔不能和谐统一时,一般人大抵以保腔为主,不要求百分之百的"字正"。而言在后期为了追求字正,往往弄险逞怪,过犹不及。这

应该是言派唱法的缺点。现在宗言的演员大都好求貌似，而对言氏的唱腔唱法缺乏全面的分析研究，恐怕是有待进一步纠正的。

言派唱腔的最大特点是富于情感，切合剧情和剧中人物的性格身份；换言之，他的唱腔每因不同的剧情和人物而有较大的出入变化。以《上天台》《骂殿》为例。这两出戏本来都是"奎派王帽戏"，过去的演员只要有嗓子气力，能一气呵成唱到底就算完成任务。言氏却不这么简单化。他扮演《骂殿》的赵光义，所唱的一段主要的慢板是向贺后道歉的话，因此唱腔于曲折含蓄中带有羞愧意味；但又不能失去皇帝的尊严，显得太低声下气，于是又力求唱得端庄大方。但演《上天台》的刘秀，则因刘秀对姚期所唱的大段台词主要是表示亲切的慰问和委婉的劝解，不带多少虚伪敷衍成分，因此唱起来就更流走灵活一些，娓娓如叙家常。又如他演《打金枝》的唐代宗和《雁门关》的杨四郎，同样都有一段西皮三眼转二六。唐代宗是皇帝，心情又开朗，故唱腔以雍容华贵、遒劲工稳见长。杨四郎屈辱偷生，在辽国思亲念故，内心矛盾重重，唱腔就以纡曲回荡、缠绵幽怨取胜。

他如唱谭派名剧《卖马》的西皮三眼，《捉放宿店》的二黄三眼，《碰碑》的反调，《洪羊洞》的二黄快三眼，《连营寨》的反西皮，《桑园寄子》的最末一段二黄散板，都在谭鑫培原有唱腔的基础上有所发展变化，传达剧中人物的思想感情更为细致深刻。这都应归功于言氏一生探索揣摩、苦心钻研的结果。

从艺术技巧方面看，言派唱法的特色就更为突出。由于言氏注意咬字吐音，尽管他以湖广音中州韵为准，但唱出来却清晰悦耳，轻重分明，使听众对台词涵义容易理解接受。他最讲究声调的变化，善于突出一句唱词中最不易唱准确、唱清楚的字音，使听众能得到极为鲜明醒豁的感受。他在行腔上也有较大的独创性，善于把高低悬殊的音符参差错落地配合起来，从极高的地方骤然跌入极低的所在，然后又从低处陡然高起，却使人无突兀之感，反觉得和谐统一。

像他唱《夭雷报》的四平调，《凤鸣关》的二六转散板，《法场换子》的反调，《鱼肠剑》《黄鹤楼》《取帅印》的西皮原板，都有这种特点。

但他晚年过于追求奇险，以致不少唱腔听来惊心刺耳，如《除三害》的二黄三眼和《让徐州》的反西皮，就显得过于怪诞雕琢，有形式主义倾向了。他在气口的运用方面也很有心得，像《桑园寄子》《双狮图》《朱痕记》等戏的二黄导板，《探母》《斩子》《大登殿》等戏的西皮导板，由于言氏后期体单力弱，唱来确比较吃力，气口也较一般人唱时为多，但他却能使转自如，疾徐得法，有水到渠成之妙。又像《白蟒台》中有不少双声叠韵的句子，一般人很难驾驭，尺寸也不易掌握，而言氏却唱得头头是道，字字动听，<u>丝丝入扣</u>。如"越文种他贪功受了害"一句，"他""贪"二字双声，唱不好势必有磕嘴绊舌之虞，言氏却把"他"字与"越文种"三字同时唱出，中间闪过一板，换过气后再从容唱"贪功"二字，这样一个难题，就很简单地交了卷。

又如此戏有"逍遥自在"四字，"逍遥"叠韵，"自在"双声，他却能利用声调上的变化不动声色地唱出，了无牵强之迹。再如一般二黄三眼末句，中间一节的第二字照规矩应在板上开口（如《天水关》"望陛下准臣本臣要发兵"一句中的头一个"臣"字），他却提前在中眼唱出，显得简劲有力。而在唱四平调时，又往往把应在板上开口的字推迟到板后去唱（如《让徐州》中"待等到秋风起日渐凋零"一句中的"风"字），却又显得化险为夷，似奇实正。这些特点，应该是学习言派随时要体会的，姑拈数例，以见一斑。

我个人感到，近来有人对学习言派有误解。有人以为按照言派唱法，嗓子不妨低暗窄哑，其实绝非如此。言派唱法不但不允许调门太低，而且凡嗓子缺乏高音亮音者，干脆不宜学言派，因为有很多异军突起、峭拔凄厉的唱腔，嗓音暗弱的人根本就无法表达。

言氏晚年力不从心，调门低而不免有嘶竭冗沓之弊，这恰如年老的书法家用秃笔写字，全靠丰神姿态见火候，但这并不足为初学临池的人取法。初学唱戏的人，也正如初学写字者应该做到笔酣墨饱一样，即使是学言派也应该从言氏那种一丝不苟、有规矩绳墨可寻的唱法学起，"未老先衰"或"取貌遗神"的唱法是不足为训的。

有人又认为学言派只要会唱言腔就行，其他可以完全不管。这也太片面。除唱腔外，言氏对念、做、表情、身段都有独到之处（特别是念白，功力尤深），

甚至言氏生前连水袖和髯口都有一定的尺寸和讲究，以便见出他身段动作上的特色。武功虽不及余叔岩，但靠把戏仍有一定水平。

从戏路看，现在把所谓言派戏只局限在《让徐州》《卧龙吊孝》等几出戏里面，也远远不足以继承言氏的丰富遗产。即以言氏舞台生活最后十年中经常上演的剧目而论，总在一百出以上。

谭派老生所有的剧目，言氏都能唱，而且唱得有特点。唱工戏如《失街亭》《乌盆记》《洪羊洞》《二进宫》，做工戏如《天雷报》《打渔杀家》《打棍出箱》《群英会》《南天门》，念白戏如《清官册》《状元谱》《失印救火》，靠把戏如《定军山》《战太平》，都演得相当出色。特别像《骂曹》《捉放曹》《天雷报》《清官册》等戏，不少内外行都认为言氏的水平绝对不下于余叔岩。如果他当时只靠演一两出《让徐州》或《卧龙吊孝》，恐怕是不会形成流派的。

言氏对发掘、保存和加工整理传统剧目有巨大贡献。很多不属于谭派范畴的老生戏，如《金水桥》《打金枝》《骂殿》《乔府求计》《柴桑口》（即《卧龙吊孝》）《骂王朗》《武昭关》《白蟒台》《骂杨广》《天水关》《凤鸣关》《战北原》等，言氏都以自己的风格和特长把唱腔和表演方法重新设计而搬上舞台。同时他还把很多折子戏进行改编，连台上演，这就使很多冷戏有机会重新同观众见面。即以《让徐州》这一流行剧目而论，他总是从《借赵云》演起，中间加入《战濮阳》，最后才是《三让徐州》，言氏前演刘备，中演陈宫，后演陶谦。

总之，言派是在谭派的基础上发展起来的，具有自身特色。我们现在看戏、听戏和学戏时一定要搞清楚京剧老生流派的特点和彼此间的关系，这样才能看得懂、听得明白、学的时候心中有数。尤其是学老生之前一定要量体裁衣，根据自己的嗓音、音域和喜好而确定学习适合自己的那种流派。

唱京剧是一种高雅的享受，不仅陶冶情操，更能调剂大脑。每当我在书房完成一件工作时，就放声唱起："今日痛饮庆功酒，壮志未酬誓不休；来日方长显身手，甘洒热血写春秋。"当我高兴的时候，总会吟唱起《甘露寺》《我在城楼观山景》《三家店》等，有板有眼，优哉游哉。

《三曹诗集》读后感

　　中国文学历史悠久、源远流长，先秦文学为其源头。现存先秦文学作品主要产生于春秋战国时期，其主要样式是诗歌和散文。《诗经》是中国古代第一部诗歌总集，它广泛而深刻地反映了周代社会的历史和现实，内容丰富，形式新颖，感情真挚充沛，风格淳朴自然，手法多种多样，语言生动优美，为中国诗歌的优秀传统奠定了坚实的基础。

　　屈原是中国文学史上第一个伟大诗人，"楚辞"的产生，为中国诗歌的发展树立了一座新的里程碑。其代表作《离骚》这一政治抒情长诗，两千多年来更是被尊为可"与日月争光"的杰作。其他如《九歌》《九章》《渔父》《天问》也都是古老的艺术珍品。

　　春秋时期，私家讲学的兴盛推动了散文的发展，《春秋》和《论语》是这一时期散文的主要作品。随着氏族礼制统治的崩溃，文化艺术走向民间，诸子百家应运而生。

　　"百家争鸣"推动了文化的发展，散文作为记事和论争的有效工具，适应了当时社会经济的发展和各国政治、外交、军事活动的需要，产生了以《国语》《左传》《战国策》为代表的史家之文，和以《庄子》《孟子》《荀子》《韩非子》为代表的诸子之文。

　　先秦散文由简而繁，从片段的文辞到语录体、对话体，再到较为系统完整的长篇大论，其发展经历了一个漫长的历史时期，而战国时期则无疑是散文发展的黄金时代。

南 湖 夜 话

在学习先秦文学的基础上，读《三曹诗集》深感汉代诗歌最有思想艺术价值的，一是乐府民歌民谣，一是文人五言诗。汉末文人开始自觉地汲取乐府民歌的养料，开创了文人五言诗的新局面，形成了古代文人抒情诗歌的优秀传统。它的艺术风格，也成为后人诗歌创作与诗歌批评的一种艺术思想。

古今中外文学史上，父子三人同登文学殿堂的不多，能同领风骚的则更少。值得称道的是，曹操、曹丕、曹植父子三人不但同登文学殿堂，而且以其辉煌的思想成就和艺术成就引领了一个时代的文学。

三曹诗歌创作是否有共同的题材和思想倾向呢？我认为主要集中在两个方面。一是顺应时代潮流，表达追求建功立业的人生理想和抱负；二是借乐府旧题集中笔墨抒写游仙。

初次接触曹操是儿时从小人书中知道其人，曹操的"宁可我负天下人，不可天下人负我"给我留下很坏的印象，后来看《三国演义》，看京剧，对曹操的印象就更坏了。在"文革""批林批孔"的运动中，法家成了思想路线中最正确的代表，曹操隶属于法家，自然有了前所未有的光辉形象。

认真阅读曹氏父子的著述，我不但理清了建安文学嬗变的轨迹，而且对曹氏父子在建安文学中的作用和地位有了新的认识。灿烂的思想之花，必然要结出丰富的思想之果。阅读的过程就是收获的过程，就是独立思考的过程，经此，不愿再停留在人云亦云的水平上。从这一意义上讲我要感谢阅读曹氏父子的过程。

在谈到曹氏父子诗歌成就时，不妨看看曹操生活的年代正是东汉王朝走向衰败的年代。当时，风雨飘摇中的东汉王朝除了要面对宦官外戚专政带来的危机外还要应对黄巾起义、董卓专权等复杂的局面。自汉武帝表彰五经后，以经治国或依经治国成为士人的行为准则和价值取向，在儒家"修齐治平"思想的引导下，生于乱世的曹操一方面以焦虑的心态关注时局的变化；另一方面以昂扬进取的精神参与到日趋复杂的政治进程中，谱写了追求建功立业的乐章。

曹操的诗歌创作除了直面人生，营造了悲凉的艺术氛围外，还具有慷慨的风格。从诗的内容看，曹操的慷慨是与高远的人生追求联系在一起的。在

《却东西门行》中，诗人从眼前景入笔，一写鸿雁远离故乡，一写飞蓬随风飘起离开生长的本根，通过哀景将情感寄托在被迫转战各地的征夫身上。

"冉冉老将至，何时返故乡"两句并写两面，一写征夫感慨人渐渐老去，借鸿雁、飞蓬等意象抒写思乡的情怀；二是暗用屈原"老冉冉其将至兮，恐修名之不立"（《离骚》）句意，抒写诗人追求建功立业而遥遥无期的喟叹。如果说这一喟叹只是以晦涩的笔墨挑开慷慨之意的话，那么，在《观沧海》中完全可以看到诗人在抒写博大胸怀的过程中所透露出的慷慨气象。

> 东临碣石，以观沧海。
>
> 水何澹澹，山岛竦峙。
>
> 树木丛生，百草丰茂。
>
> 秋风萧瑟，洪波涌起。
>
> 日月之行，若出其中。
>
> 星汉灿烂，若出其里。
>
> 幸甚至哉，歌以咏志。

诗人从登高远望入笔，借山岛、树木、百草等意象抒写大海波澜壮阔的景象，随后又以想象之辞写大海吞吐日月、接纳星汉的壮美之势，以此来暗示诗人有着比大海更为广阔的胸怀，进而展示其追求建功立业、气吞宇宙的豪气。这首辞气斐然的诗歌之所以耐人咀嚼，是因为它传达了诗人无比高远的艺术境界。

我最喜欢的《短歌行》：

> 对酒当歌，人生几何！
>
> 譬如朝露，去日苦多。
>
> 慨当以慷，忧思难忘。
>
> 何以解忧？唯有杜康。
>
> ……
>
> 山不厌高，海不厌深。

周公吐哺，天下归心。

这首《短歌行》的主题非常明确，就是作者求贤若渴，希望人才都来投靠自己。曹操在其政治活动中，为了扩大他在庶族地主中的统治基础，打击反动的世袭豪强势力，曾大力强调"唯才是举"，为此而先后发布了"求贤令""举士令""求逸才令"等；而《短歌行》实际上就是一曲"求贤歌"，又正因为运用了诗歌的形式，含有丰富的抒情成分，所以就能起到独特的感染作用，有力地宣传了他所坚持的主张，配合了他所颁发的政令。

总起来说，《短歌行》正像曹操的其他诗作如《蒿里行》《对酒》《苦寒行》等一样，是政治性很强的诗作，主要是为曹操当时所实行的政治路线和政治策略服务的；然而它那政治内容和意义却完全熔铸在浓郁的抒情意境之中，全诗充分发挥了诗歌创作的特长，准确而巧妙地运用了比兴手法，来达到寓理于情，以情感人的目的。在曹操的时代，他就已经能够按照抒情诗的特殊规律来取得预期的社会效果，这一创作经验显然是值得借鉴的。同时因为曹操在当时强调"唯才是举"有一定的进步意义，所以他对"求贤"这一主题所作的高度艺术化的表现，也应得到历史的肯定。

曹操、曹丕、曹植合称"三曹"，是建安时代最为优秀的诗人，才高八斗的典故即出自曹植。"三曹"雅爱辞章，不但以帝王之尊、公子之豪提倡文学，促成了五言古体诗歌的黄金时代，而且身体力行，创作了各具风格的名篇佳作：曹操的诗悲凉慷慨，气韵沉雄；曹丕的诗纤巧细密，清新明丽；曹植的诗则骨气充盈，淋漓悲壮，对后代诗人产生了极为深远的影响。

正如鲁迅所言，"曹操是一个很有本事的人，至少是一个英雄。我虽不是曹操一党，但无论如何，总是非常佩服他。"

又如范文澜所说："他是拨乱世的英雄，所以表现在文学上，悲凉慷慨，气魄雄豪。"

读《三曹诗集》，使我对曹操更为敬佩，他文韬武略，绝非奸雄。

读熊召政的《张居正》感言

著名作家、诗人熊召政，1953 年 12 月出生于湖北省英山县温泉镇，1973 年发表第一首长诗《献给祖国的歌》，1975 年担任英山县文化馆创作辅导干部，参过军，下过乡。1985—1989 年担任湖北省作家协会副主席，期间曾入武汉大学首届作家班学习两年。

熊召政有多方面的才能，在文学方面，他既懂新诗，旧体诗同样写得好，散文、报告文学、小说也都出手不凡。文学评论家、多年担任高考语文卷点评人的武汉大学樊星教授认为："熊召政的散文关注历史人文，行文古香古色。文风有士大夫气息，在当代作家中也不多见，符合当下学术文化界对白话文典雅化的期待。"无论是文人界的人脉，还是商界的人脉，熊召政都经营得非常好，这无疑是他走向成功的关键。尤其是有一年，湖北省两会上与时任政协主席俞正声争执不让的场面，其文人风骨令人举目仰望。

1993 开始，他历经十年潜心创作的四卷本长篇历史小说《张居正》一经问世，便获得海内外读者的一致好评，被评论界誉为新时期中国长篇小说的重要收获。该书获得湖北省政府图书奖、首届姚雪垠长篇历史小说奖及湖北省第六届屈原文艺奖等各种奖项。2005 年，由中国电影集团、湖北省委宣传部、长江出版集团和湖北电视台与湖北大象影视公司等单位联合摄制《张居正》四十四集电视剧项目启动，熊召政亲自担任编剧。

张居正被称为中国历史上六大改革家之一，可是只要梳理一下明代历史，我们便会尴尬地发现：张居正各项主张似乎都是前人曾经说过、做过的。而

他唯一超出前辈的地方，似乎只有他那将大明朝的官僚机器的运行效率驱赶到最大的严苛而已。事实上，张居正给我们的惊诧绝不止于此，他对朱元璋时代的行政效率和"富国强兵"发自内心的推崇更是令人惊叹。不得不说，这样一位敬天法祖的"改革"者诞生在明朝衰亡之际，能救一时已足见他非凡的能力了。

张居正具有智谋，精力充沛，也会使用手段，而且经恒持久。他遇到最大的困难乃是明太祖朱元璋一手造成的大帝国自创立之始即不容改革。它不像一个国家，而像由一种文化塑成的形体。在某些地区，卫所制度无法废止而找到接替的办法，而国家的财政资源则过于分离散漫。

尽管张居正的改革为当时的社会经济发展注入了活力，对于社会道德生活中核心价值观的建构也作出了极大的努力，尤其重要的是在他主政的十年时间里，整个社会的政治、经济、文化都得到了相当大的发展，但是他本人与他的改革却仍然以悲剧收场，这不能不令人扼腕叹息。然而，综观张居正改革的精神实质，也就是他所力求为明代社会构建的核心价值观来看，他的悲剧的发生并非意外。

张居正改革，为明代中晚期社会所确立的核心价值观可以概括为：以皇权政治为核心，以农商并重为发展方向，以遵守成宪、诚心顺上为行为准则。很明显，与传统的核心价值观相比，张居正力求把促进商品经济的发展纳入到核心价值观的体系之中，然而这其中所潜藏着的矛盾却是他所无力化解的。

张居正的改革虽然取得了一定成效，但并没办法改变明朝财税制度深层次的弊病。一方面，开国之初广泛的小自耕农经济在中叶以后便被不可遏止的地权集中浪潮所吞噬，土地集中导致了越来越多的流民，产生大量佃农，地主凭借土地垄断对佃农进行过度盘剥；另一方面，明初按地权分散状态设计的赋役制度日益失效，官府不断膨胀的财政需求和无法遏制的非法征敛成为民间社会不堪承受的重负，晚明的财税改革已经无力医治这一深入制度骨髓的恶疾，国家机器的败坏已无法挽回。

张居正，是明万历年间曾因厉行改革而彪炳史册的一位传奇人物。他涉政几十年，荣登首辅之位后，整饬吏治，刷新颓风；整肃教育，延揽济世之才；

革新税赋，推行"一条鞭法"，梳理财政。拯朱明王朝将倾之厦，以孤焰照亮王朝复苏之通途，使万历时期成为明王朝最为富庶的时代。其声势显赫，炙手可热，圣眷优渥，无与伦比，人称"救时宰相"。但隆葬归天之际，即遭人非议，生前身后毁誉之悬殊，令后人齿寒。

总之，我认为张居正比清朝张廷玉的历史地位更高，张居正改革，算是成功了一些；万历以后的明朝能够苟延残喘，很大程度多亏了张居正的改革；张居正时期提拔了很多人，例如戚继光、李成梁等守边将领，使国家抗击外敌时有了保证；张居正文武两手抓，两手都很硬，既保证了国家的钱袋子，也保证了外击抗敌胜利因素。

从历史大局看，张居正新政无疑是继商鞅、秦始皇以及隋唐之际革新之后直至近代前夜影响最为深远、最为成功的改革。张居正改革的影响，不仅表现在他起衰振隳、力挽狂澜，奇迹般地在北疆化干戈为玉帛，在一定程度上缓解了国内的阶级矛盾和民族矛盾，延长了明王朝的国祚；还表现在一举扭转"神运鬼输，亦难为谋"的财政危机，弼承万历初年之治，为万历年间资本主义萌芽的进一步发展打下了良好的基础；更体现在对近代前夜国家统一与社会转型起到的巨大推动作用。一条鞭法是介于"两税法"与摊丁入亩之间的赋役制度。在我国封建社会后期的赋役制度的演变中有着承前启后的作用。

张居正是一个心居天下的好人，一个权倾朝野的猛人，一个改革朝政的能人，一个成熟倜傥的帅哥，最后一个死后被抛尸的可怜人。

综上所述，改革是艰难的，四十年磨一剑，砺得梅花扑鼻香！海外媒体在惊讶于改革开放为中国带来的伟大崛起时，如今的中国再也不是"贫穷与落后"的象征了，因为"改革开放"已经使我们的国内生产总值增长到八十万亿元，稳居世界第二,百姓的生活质量也不断改善。富裕了的中国，不仅自身"梅花香扑鼻"，在政治、经济、社会各方面都跻身于世界强国之列，还"香飘万里"，正在为世界经济的稳定和平衡发展贡献力量。变革从来都不是容易的事，历史上任何一次变革，都会有阻力，因为既得利益者总会担心利益受损，不给你"大胆去尝试"的机会，甚至千般阻挠你，以至于成功的

变革很少。回眸我们中国的历史，真正意义上成功的变革可以说只有两次，一次是商鞅变法，另一次就是我们的改革开放。

最后说创新问题，创新很重要。站在企业的角度，它是支撑企业长远发展、参与市场竞争的重要优势；站在国家的角度，它是引领发展的第一动力，是我们的"脸面"。我们应该看到很多领域的关键部件依旧是90%靠进口！我们改革的道路还很长，革命尚未成功，同志仍需努力！

观天下之文章

大江东去，浪淘尽千古绝妙文章。

唐宋八大家，是唐代韩愈、柳宗元和宋代欧阳修、苏洵、苏轼、苏辙、王安石、曾巩八位散文家的合称。其中韩愈、柳宗元是唐代古文运动的领袖，欧阳修、三苏等四人是宋代古文运动的核心人物，王安石、曾巩是临川文学的代表人物。他们先后掀起了古文革新浪潮，使诗文发展的陈旧面貌焕然一新。

韩愈的代表作有很多，其中《师说》是韩愈在古文运动中的一篇力作，阐说从师求学的道理，讽刺耻于相师的世态，教育了青年，起到转变风气的作用。"师者，所以传道授业解惑也。""人非生而知之者，孰能无惑？惑而不从师，其为惑也，终不解矣。""无贵无贱，无长无少，道之所存，师之所存也。""圣人无常师。""弟子不必不如师，师不必贤于弟子。""闻道有先后，术业有专攻。"等传世名言，一千一百九十年来一直教育着后世者。

柳宗元一生留诗文作品达 600 余篇，其文的成就大于诗。骈文有近百篇，散文论说性强，笔锋犀利，讽刺辛辣。游记写景状物，多所寄托，有《河东先生集》，代表作有《溪居》《江雪》《渔翁》。

柳宗元的散文，与韩愈齐名，韩、柳二人与宋代的欧阳修、苏轼等，堪称中国历史上最杰出的散文家。在游记、寓言等方面，柳宗元同样为后世留下了极其优秀的作品。《永州八记》已成为中国古代山水游记名作。这些优美的山水游记，生动表达了人对自然美的感受，丰富了古典散文反映生活的新领域，从而确立了山水游记作为独立的文学体裁在文学史上的地位。因其艺

术上的成就，被人们千古传诵、推崇备至。除寓言诗外，柳宗元还写了不少
寓言故事，《黔之驴》《永某氏之鼠》等，也已成古代寓言名篇。"黔驴之技"，
已成成语，几乎尽人皆知。有的寓言篇幅虽短，但也同他的山水游记一样，
被千古传诵。

柳宗元赞赏韩愈的《师说》之论，也钦佩韩愈不顾流俗、勇于为师的精
神，对当时社会上层士大夫"耻于相师"的风气感到痛心。他说："举世不师，
故道益离。"但他在师道观上又有自己的见解和实施方式。他写下了《师友箴》
《答韦中立论师道书》《答严厚舆秀才论为师道书》等文章，阐述了自己的师
道观。其核心观点就是"交以为师"。柳宗元充分肯定教师的作用，他认为无
师便无以明道，要"明道"必从师。

欧阳修是在宋代文学史上最早开创一代文风的文坛领袖，继承并发展了
韩愈的古文理论。他的散文创作的成就与其正确的古文理论相辅相成，从而
开创了一代文风。欧阳修文集有《丰乐亭记》《秋声赋醉》《醉翁亭记》，欧阳
修是北宋文坛的领袖、宋代散文的奠基人。

苏洵的《衡论》《辨奸论》《管仲论》《权书》等；苏轼的散文有《赤壁赋》，
《后赤壁赋》《平王论》《留侯论》《石钟山记》等；苏辙的《六国论》，《栾城集》
84卷，《栾城应诏集》12卷；曾巩的《上欧阳舍人书》《上蔡学士书》《赠黎
安二生序》《王平甫文集序》；王安石的《游褒禅山记》《伤仲永》《答司马谏
议书》等，他们写出的文章如同美女一般人见人爱，许多名篇流传千古，堪
称经典之作。特别是苏轼，他崇尚自然，主张表达自由，"文如行云流水，初
无定质。""常行于所当行，常止于所不可不止。"这是他写文章的经验之谈，
也是他文章风格的夫子之道。

元代散文和宋代相比，远为逊色。自唐代韩愈、柳宗元提倡古文，到北
宋欧阳修、苏轼等人，人才辈出，风格多样，盛极一时。但过后南北分裂，
不管金朝或南宋，散文创作就走下坡路，盛况难继。虽然元代散文也出现了
一些著名作者，不乏可读可观的篇章，但总的说来，抒情写景的作品甚少，
大都是经世致用，歌功颂德的论说文字，绝大多数缺乏自由抒发个人思想感
情的作品，苏天爵搜罗元代诗文编选的《散文类》，即体现了这一特点。

明代的散文创作没有出现类似唐宋八大家那样的杰出作家，但优秀的篇章还是不少。明代散文的取材较为广泛，后期散文的表现手法也较为多样，不少篇章在不同程度上受到了小说、寓言、笑话、八股的影响。尤其是晚明小品，是中国散文发展史上的一项重大突破，从散文观念到创作实践都有显著的变化。明代的散文创作，大略可分为洪武至天顺年间散文、成化至隆庆年间散文和万历至崇祯年间散文三个时期。

清代散文时域上分为清初散文及清中叶散文。代表性作家有清初三老顾炎武、黄宗羲和王夫之和"清初古文三大家"侯方域、魏禧、汪琬及桐城派方苞、刘大櫆和姚鼐。"桐城派"是清代中叶最大的散文流派，代表作家有方苞、刘大櫆、姚鼐，他们都是安徽桐城人，故称"桐城派"。他们三人则被尊为"桐城三祖"，认为三人各有千秋，方苞以学问胜，刘大櫆以才气胜，姚鼐以见识胜。

桐城派的文章，在思想上多为"阐道翼教"而作；在文风上，是选取素材，运用语言，只求简明达意、条理清晰，不重罗列材料、堆砌辞藻，不用诗词与骈句，力求"清真雅正"，颇有特色。桐城派的文章一般都清顺通畅，尤其是一些记叙文，如方苞的《狱中杂记》《左宗毅公逸事》，姚鼐的《登泰山记》等，都是著名的代表作品。

道光年间，龚自珍代表作品有《明良论》《送钦差大臣侯官林公序》《病梅馆记》等。龚自珍的名句有"落红不是无情物，化作春泥更护花。""九州生气恃风雷，万马齐喑究可哀。我劝天公重抖擞，不拘一格降人才。"

活跃于民国时期的文化大家的散文，均展现了作者深邃的学术涵养和人格魅力。散文中既有对故乡风物、旧时友人的怀念如周作人的《水乡怀旧》《初恋》；郁达夫的《北平的四季》等，也有对社会的思考如沈从文的《云南看云》、林语堂的《做文与做人》等，还有对旅行、生活的展现如胡适的《庐山游记》、戴望舒的《在一个边境的站上》等，今人读来别有一番韵味。

中国近现代的著名散文大家有鲁迅、梁实秋、瞿秋白、朱自清、周作人、俞平伯、沈从文、孙犁、杨朔、刘白羽、汪曾祺、农妇、贾平凹、余秋雨、周涛、韩少功、史铁生、张炜、冰心、林清玄、简贞、琦君等。自古以来文无第一，

武无第二。中国近现代作家的作品琳琅满目，风格各异。单从文笔而言，鲁迅、林语堂、梁实秋、老舍、沈从文、张爱玲、汪曾祺、钱锺书、王蒙、王小波的文笔最好。鲁迅骂人厉害，语言辛辣。林语堂语言幽默，见解深刻。梁实秋意境清远，博学多才。汪曾祺含蓄空灵、生动传神。老舍语言讲究，为文地道。各家各有所长，都有很强的驾驭文字的能力。

散文具有记叙、议论、抒情三种功能，与此相应，散文可分为记叙性散文、抒情性散文和议论性散文三种。重要是主张绝对真实，描述真人真事，是散文的首要特征。散文家们要靠旅行访问，调查研究积蓄丰富的素材，要把事件的经过、人物的真实、场地的实景，审察清楚了，然后才提笔伸纸。散文特写决不能仰仗虚构。

还有人将中国当代作家 50 强排名为：鲁迅、张爱玲、沈从文、老舍、茅盾、贾平凹、巴金、曹禺、莫言、钱钟书、汪曾祺、王安忆、徐志摩、余华（并列 14 名阿来）、金庸、周作人、朱自清、郁达夫、戴望舒、史铁生、北岛、孙犁、王蒙、艾青、余光中、白先勇、萧红、路遥、闻一多、林语堂、赵树理、梁实秋、郭沫若、陈忠实、张恨水、苏童、冰心、穆旦、丁玲、顾城、舒婷、张承志、王朔、刘震云、韩少功、阿城、张洁、三毛、铁凝、张炜。其中，我最喜欢读的还是朱自清的《荷塘月色》。

近年来，文坛又涌现出不少名人和新秀，其中仅就散文而言，刘心武的文章《掐辫子》入选天津语文高考阅读题，熊召政的散文《昆明昙花寺记》获《人民日报》游记征文一等奖。

还有大器晚成的易中天。他的散文写得也很好，他的讲座实在是精彩。

易中天长期从事文学、艺术学、美学、心理学、人类学、历史学等方面的研究，著有《美学思想论稿》《艺术人类学》等著作。2005 年央视《百家讲坛》“开坛论道”的学者，2006 年在央视“百家讲坛”主讲《汉代风云人物》《易中天品三国》，2008 年主讲《先秦诸子百家争鸣》，2013 年宣布写作 36 卷本《易中天中国史》，2013 年 12 月 5 日，荣获第八届作家富豪榜最佳历史书。

湖北省京剧院的前世今生和"鄂派"京剧

还记得儿时，在湖北剧场隔壁有一个湖北省戏曲学校，在剧场后面的武汉市第三医院隔壁有一个戏校排演场。现在的湖北省京剧院院长、名丑朱世慧，著名花旦彭泽林等名角和著名剧作家习志淦都是戏校学员。

20世纪50年代初期，武汉市京剧团（前身是1950年成立的"中南京剧工作团"）在武汉市文化局的领导下宣告成立了，"麟派"创始人周信芳任名誉团长，当年的武汉市京剧团可谓"行当齐全、文武兼备、名家云集、流派纷呈"，要说它是国内顶尖一流的京剧团丝毫也不为过。

老生有高百岁、陈鹤峰、董少英、关正明；武生有高盛麟、郭玉昆、贺玉钦、倪海天；小生有高维廉、杨玉华；旦角有杨菊萍、李蔷华、云艳霞、陈瑶华、王婉华；净角有叶盛茂、张洪奎、董俊峰；丑角有高世泰、李正福、张啸庄。此外还有不少二路硬里子演员和强大的武行队伍。

与之相较，湖北省京剧院（原名湖北省京剧团，1996年正式更名）成立时间又晚（1970年），学校的管理人员和任教老师又大多是湖北省戏曲学校的青年毕业生，团内又只有少数几个知名的演员（杨至芳、彭泽林、陈国光、李志芳等）。这个年轻的剧团刚成立时一无知名度，二无名角，三无名戏，但经几年光阴，却能在全国的剧团中脱颖而出，这真是戏曲史上的一个奇迹。正如陈培仲老先生说的，"它没有某些大剧院那种历史悠久、积淀深厚的沉重包袱，正如一张白纸，好写最新最美的文字，好画最新最美的图画。"1979年到1990年这十多年间，湖北省京剧院的编创团队卧薪尝胆、惨淡经营，在摸

爬滚打、跌跌撞撞中相继推出了《一包蜜》《徐九经升官记》《药王庙传奇》《膏药章》《法门众生相》这五部令人振聋发聩的剧作，才开始在全国崭露头角，跻身全国知名剧团的列次。这五部剧目一经上演，反响热烈，每一部都囊括了文化厅、文化部、宣传部多项大奖，令人咋舌称羡，也令多少不知名的地方剧团眼红心热。

全国诸多颇有名气的京剧院早已靠传统剧目打下了牢靠的江山，湖北省京剧院在这样的逆境中一方面迫于无奈，一方面只能靠走自己的路才能开辟出新的天地。京剧向来多擅长传统戏，通过湖北省京剧院推出的几部戏可以看出，传统戏只占了为数不多的分量，多是现代戏在打擂台。我对传统的看法是这样：传统是长流，这个长流不是顺流而下，是逆流而上，是逆水行舟，不进则退。传统的东西不发展就要萎缩，就要倒退，就要消亡。每当这个时候，传统就要变，这个变多半是有外来因素。保留传统只有发展才保留。现在保护古老不叫保留传统，叫保留文物。

余笑予曾说当代戏曲"就是既脱胎于传统戏曲母体，又受当代文明的滋养，以当代观众审美需要为出发点，以其鲜明的时代特色和独具一格的民族风采傲立于世界艺术之林的一种新型的艺术。当代戏曲应当满足当代观众的审美需求，随时代而前进。"所以秉持着这样一种借古观今、以新时代的眼光和品位来锻造新京剧的精神，湖北省京剧院靠丑行挑大梁走出了一条属于他们自己独一无二的路子。湖北省京剧院从上而下自发而强大的求生求新欲，抒写了湖北戏曲征程上灿烂辉煌、硕果累累的新篇章。

"鄂派"京剧这个概念的诞生，最早见于陈培仲 1992 年发表于《戏曲艺术》的《新时期以来京剧新剧目创作刍论》一文：

湖北省京剧团的创作集体在深化立意的同时，十分注意京剧的观赏价值。几部剧的传奇性、平民性、通俗性、真实性、参与性，使剧中包含的理性内容在亲切平易、热闹可看的形式中让人不知不觉地接受。那种亦悲亦喜、悲喜交错的风格，幽默风趣之中挟裹的忧患意识，常常使人笑中带泪，在捧腹开怀之时又品尝到生活的艰涩。观赏性与思辨性，形象性与哲理性，在他们的剧作和演出中较好地融汇在一起，已初步显示出一种与众不同的"鄂派"京剧特色。

追溯引起这一概念提出初衷的缘起剧目，是余笑予和谢鲁在1979年创作的现代京剧《一包蜜》，自此之后，以余笑予导演为核心的强力集团连续推出《徐九经升官记》《膏药章》《药王庙传奇》《法门众生相》，开创了以丑行挑大梁的京剧局面，以丑写美、以喜见悲，惟妙惟肖地展示了对底层阶级的生活体察和人文关怀。武汉市京剧院也相继推出《洪荒大裂变》《射雕英雄传》《七彩环》《三寸金莲》等剧，勾勒了人物生活艰辛、命运的颠簸、纯真美好的本性，这种强烈的探索革新精神也同样具备鄂派京剧的特色，此后，湖北省的京剧剧目才确立起了鄂派京剧的整体创作风格——明确的人文关怀、泼辣的语言魅力、独特的表现手法。

戏剧界称湖北省京剧院的强力创作集团为"五驾马车"：余笑予、谢鲁、习志淦、郭大宇、朱世慧。陈先祥总结出"余笑予的点子，习志淦、郭大宇的杆子，谢鲁的曲子，朱世慧的样子，田少鹏的台子"，是对这个强强联合的团队最精炼的概括。

从习志淦的生平经历来看，他早年有做演员的功底，又有执导小型话剧的经验，所以他的剧本是对文本和舞台的两面兼顾。习志淦剧作的成功除了有他自己的才情和机遇外，更离不开的是湖北省京剧院整个创作团队的紧密配合，戏曲艺术是一门舞台艺术，只停留在案头的欣赏上无法长远，更不能闭门造车，只有在舞台上才能发挥出它的光和热。当然，习志淦所处的年代，湖北省京剧院刚成立不久，戏曲产出各项职能划分不像如今有森严的壁垒和限制，所以他的作品常常是群体力量合作的产物，有着编、导、演三位一体的良性互动。

戏曲艺术是一门综合性很高的表演艺术，它从艺术组织和生产的关系上来看，一个志趣相投又能彼此碰撞擦出火花的创作团体能稳定地产出高质量高水准的优秀作品，除了编剧本身，导演、表演、舞美、音乐等都是必不可少的核心组成部分，它能够形成比较统一的剧作风格和美学意识。而习志淦

编剧艺术的成长适逢湖北省京剧院良好的团队创作根基和民主开明的领导团队，这个强力集团集结了一批年轻的戏曲精英，他们熟通京、汉、楚以及其他地方小戏，师生合作，优势互补。

根据传统京剧《粉妆楼》移植改编过来的楚剧《胡奎卖人头》中主人公张勇坐箩筐上刑场这一情节，多年来在余笑予的脑海中挥之不去，他认为这是一个可以深挖、有看头又好玩的点，能在比较规矩的唱念做打以外开拓出新的艺术手法，习志淦和谢鲁就这个原始又简单的故事展开出面目全新的京剧《膏药章》，把坐箩筐上刑场作为最终的结局，而把卖人头作为故事高潮的一个生动戏核，提炼出符合特定时代背景的主人公和中心事件，使得作品在好玩好看的基础上，思想主题也得到了质的升华。

习志淦与导演余笑予、编剧兼作曲谢鲁以及主演朱世慧之间的配合是一种"教学相长、珠联璧合"式的合作，他从演员身上吸纳了戏曲的表演艺术，深刻地了解京剧各个行当之间的艺术特色和做工技法；他从导演的身上借鉴了戏曲的舞台呈现的经验，保持与观众紧密的互动机制，虽然这些不是直接助力于他的编剧创作，但是在整个团队合作潜移默化地过程中，习志淦在不自觉中培养了一种鄂派京剧的创作风格。正是这种你来我往、相辅相成的促进关系，才成就了习志淦的作品，才有了鄂派京剧的一步步崛起。

由河南曲剧《卷席筒》改编而来的京剧《奇冤记》中，朱世慧的丑角已堪当大任，郭大宇早年也是丑角出身，熟稔行当的表演程式和做工技法，所以习志淦和郭大宇在《徐九经升官记》创作之初就确立了这出戏是为朱世慧所写。初稿之时，作家们将徐九经矛盾的对立面安置在皇帝身上，是皇上以貌取人，贬谪放任徐九经，还没有出现王、侯的正反立场的明显对比，矛盾冲突不够激烈，也没有促使人物展开行动的充分动机。正在二人愁眉不展之时，余笑予和谢鲁给了二人一点启发，增设了侯爷这个人物来与王爷形成势力均衡又合乎逻辑的矛盾面。

而徐九经最后弃官离去的结局也是导演余笑予的主意，在原故事里御史智审案件使佳人团聚是一个大团圆结局，但是徐九经在审案断案的过程中不断在王侯强权和善恶是非的施压下感受到了为官的不易，所以他选择罢官离去也是掀起了结尾的一个小高潮。在这一场中，主人公一字韵的核心唱段是青年导演欧阳明的点子，他提出了汉剧《借牛》一字韵的演唱方式，把徐九经从考官、贬官、升官、做官的一段曲折经历和心路感受都融进去抒发出来，所以说，这个戏不单单是编剧习志淦和郭大宇的功劳，也融汇了整个湖北省京剧院上上下下的集体智慧。

"鄂派"京剧的创造性，其一在于吸纳和借鉴了楚剧泼辣幽默、朴实通俗之所长，而替代了传统京剧一味地说教和训诫之所短；其二在于开辟了以丑行挑大梁的创作路径，像《徐九经升官记》《膏药章》等作品，是专门为朱世慧打造的剧目，目的就是要突出他的丑角表演艺术，所以可以说习志淦等人的创作大部分是在为演员写戏，着力发挥出朱世慧的丑角个性和特长。在传统戏的历史中，丑角在表演当中只起到了插科打诨、调剂紧张气氛的作用，他们往往是以配角或附庸的身份出现，在传统观念里，丑角是低人一等的，一方面他们的扮相多是"三根猫胡子，中间豆腐块"，给人一种滑稽调笑的感受，另一方面他们作为表演的"佐料"戏份比较少，熬成名角更为困难，所以丑角艺术没有得到足够的重视。随着时代变迁，社会进步，人们的思想更为解放，艺术的包容度更为宽泛，丑角戏渐渐出现在了大众的视野里，比如豫剧的《巧县官》和《七品芝麻官》。直到《徐九经升官记》的问世，更是将这股波澜掀到了高峰。

戏剧家李渔说过："插科打诨，填词之末技也，然欲雅俗同欢，智愚共赏，则当全在此处留神。文字佳，情节佳，而科诨不佳，非特俗人怕看，即雅人韵士，亦有瞌睡之时。"传统京剧向来喜爱用丑角来反衬正面人物的形象，但湖北京剧院的创作团体很快就看到了丑行担纲的可行性，而朱世慧的丑行表演能力又具备担当大任的条件，《奇冤记》《一包蜜》推出之后，反响不错，湖北省京剧院抓准时机，接二连三地推出了《药王庙传奇》《膏药章》《法门众生相》等以丑行领衔的剧目，开创了丑行挑梁的先河。

从湖北省各个剧团在新时期以来推出的京剧剧目中可以看出，习志淦或多或少、或隐或现地主导及参与了绝大部分的剧本创作，余笑予点石成金的构思，习志淦、谢鲁、郭大宇化腐朽为神奇的文字，朱世慧嬉笑怒骂的表演，

构成了湖北省京剧院创作编、导、演三位一体的基本阵营，把丑行做工的戏由传统意义上的戏谑玩笑提升到笑中带泪、发人深省的喜剧艺术的范畴。"文革"之后，一向活跃在舞台上高大全的英雄人物形象已经不能满足当代观众的审美要求，湖北省京剧院的这一支创作团体，他们具有很强的革新意识和创造精神，他们的创作注重人本位，尽量以平民角度来写普通民众的生活和体验，例如夹缝中受气的芝麻小官，处处忍让妥协的卑贱小民，有才难展的待业小青年……他们都是饱受命运挫折的小人物，是能激发观众情感共鸣的现代意识的突出体现。

从编剧的角度来看，和导演、作曲、演员之间的互动，是一个二度创作的过程，有利于提升剧本的质量。湖北省京剧院的创作团队上下一心、集思广益、群策群力、不计名利，经常给习志淦的剧本提点子、想法子，习志淦也经常向前辈和同行请教学习、博采众议、从善如流，始终保持了一种密切的联系和良好的互动，极大程度地保证了戏曲文学创作的舞台实践性和观赏价值，使得创作的作品尽善尽美、日臻完善。这是湖北省京剧编剧团队能保持旺盛创作生命力的一个重要原因。

综上所述，湖北省京剧院从"文革"时期的湖北省戏曲学校改制创办，一路走来历经艰辛、励志图强，确实不易。从一个名不见经传的戏曲团体发展成为蜚声中外的一流剧团，既是中华民族的骄傲，更是湖北人的骄傲。衷心祝愿湖北省京剧院砥砺前行、再创辉煌！愿"鄂派"京剧发扬光大、走向世界。

禅乐洞箫话当年

阴雨绵绵，心境不佳，索性听起寺庙禅乐。美妙音乐，悦耳动听，悠然之气，空灵淡雅，滋养身心，净化心灵。洞箫奏起，画面感美不胜收：满目青翠，山峦雾霭，云雾缭绕，似山泉流淌，沁入心田；如空谷幽兰，淡雅绽放；宛如小鸟婉转歌唱，寂然欢喜……心中坦然，安之若素。无欲无求的人生，知足常乐。

听一曲禅乐，静谧你内心的烦躁，褪去你的躁动和烦恼，那悠扬的洞箫声引领你进入另一个不同的境地。

我从小就会吹口琴和竹笛，在此基础上我又学起了小提琴和月琴，还学会吹箫。可笑的是，买了个唢呐，学了几天，因为噪声太大，邻居发火了不许我再练。

回想起来，只有洞箫陪伴了我前半生。悠悠洞箫声，韵和那无尘不涤的清远之音，在红尘纷繁中找寻心灵的净土，专注内心，专注精神修养，专注灵魂提升。

遗憾的是，二十年前搬家到南湖花园，一支伴随我二十多年的紫竹洞箫丢失了，我从此再也没有吹过洞箫。现在听起禅乐，很想自己吹奏，但是已不太可能了。

前几年，曾去乐器专卖店看了几次，就像我丢失的那只洞箫，现在标价都是好几百元了。尽管钢琴高大上，但是钢琴演奏禅乐曲还是没有洞箫的那种神韵。

　　殊不知，苏轼《赤壁赋》中侧面表现客人吹洞箫的音乐效果是：舞幽壑之潜蛟，泣孤舟之嫠妇。聆听禅心，在如诗的化境中，静静的，望天上云卷云舒，观人生潮起潮落。温婉又清脆的乐声缓缓地流过，生命的脉络在音乐的浸润下，慢慢地变得柔软舒张，那些伤痕在不经意间已然愈合。禅音回荡，恍若身处山水之间，看云卷云舒。草木荣枯，峰峦如聚，波涛如怒。静夜，此曲，空灵，安静。绵绵的音符营造出悠远的意境，令人无欲无求。风音不染净禅心，一念情丝起涟漪。拂弦鼓筝入禅门，山高水流听弦鸣。槛外红尘万壑烟，自在闲心牧山林。禅意熏染，箫音悠悠，宁静的寺院里不染俗气。听风赏雨，无比惬意，以一种舒服的姿态仰望天空，吸纳一丝清凉的空气入心……

捧着王力的《诗词格律》步入诗歌殿堂

王力先生是中国百年来最卓越的语言学家，亦是罕见鲜有的全面汉语语言学大师。说他是奇才、大师、汉语语言学第一人，全能型、开创性、著作等身的散文家、翻译家、教育家、诗人，都不为过。

还记得，念高中时语文老师讲过：学诗词，入门必少不了王力的《诗词格律》；学汉语，深入必少不了王力的《语文讲话》；学文化常识，则必少不了王力震撼文学界的《中国古代文化常识》。

他深入研究汉语音韵学和汉语诗律学；深入研究现代语法和语法理论；深入研究汉字改革；深入研究历代汉语的语音、词汇、语法，创立汉语史学科。他千锤百炼深入研究的成果，震撼了当时、影响了现在和未来。

我迈进文史天地，看过好几位诗词专家的《诗词格律》，也读过声韵学教程。最终还是捧着王力的《诗词格律》，步入诗歌殿堂。

写古诗词，格律是必学的内容之一。王力的《诗词格律》，言简意赅、深入浅出，例证翔实。书中引用大量古人、伟人的诗句，结合基本的知识，把诗词的奥秘和美毫无遗漏地拆分、展示给读者。我可以告诉大家，所有看了这本《诗词格律》的人，看完都可以写诗。

书中把诗词中涉及的平仄、对仗、用韵、节奏等问题，都逐一做了详解。

比如在讲到"韵"，我们都知道诗人在诗词中用韵，叫做押韵。从《诗经》到后代的诗词，差不多没有不押韵的。一般民歌也都是押韵的。

但诗词中所谓的韵，大致等于汉语拼音中所谓韵母。一个汉字用拼音字

母拼起来，一般有声母，有韵母。如"公"字拼成gong，其中g是声母，ong是韵母。

凡是同韵的字都可以押韵，比如王安石的《书湖阴先生壁》。

> 茅檐长扫净无苔，花木成畦手自栽。
>
> 一水护田将绿绕，两山排闼送青来。

这里苔、栽、来就是押韵的，依照诗律，像这样的四句诗，第三句诗不必押韵。

看完这样简单明了的解释，我们一下就明白了韵脚的奥妙和规律所在。

而在同类诗词入门书籍中，也很难再找到能如此细致简明的书籍了。这本书是爱诗与学写诗的人，一定要人手一本的书籍。

语言是文化的重要载体，汉语言里不仅蕴含着我们民族的历史和文化缩影，更包括了这个民族的生活方式和思维方式。

没有语言就没有文化，语言是文化的传承。作为炎黄子孙，了解我们民族的文化与汉语言的传承是十分有必要的一件事。

学习汉语言不仅可以让内心更加丰盈，还可以使人升起满满的自豪感。

爱好写诗的人，绕不开名家诗词，《楚辞》《乐府诗集》《李太白诗集》《杜甫诗集》《花间集》《苏东坡词集》《纳兰词集》《仓央嘉措情诗集》，这8册汇集了从公元前到近现代各种风格，各种韵律的诗词，读完无法不为绚丽辉煌的诗词文化所惊叹。

当一名合格的中学语文教师谈何容易

"文革"前的中学语文老师，从初中到高中都是非常优秀的。站三尺讲台，传李杜韩柳诗文；握一支粉笔，授孔孟老庄学问。论学问，四书五经样样通晓；讲口才，三言两语句句精妙。诗词歌赋，尽显雅士风度；语段篇章，全显中华文明。学富五车，通晓诗书礼易；才高八斗，擅长琴棋书画。品明月，叙情怀，吟诗作赋；沐清风，讲人生，谈古论今。

我印象最深刻的初中语文老师闻楚卿先生，其书法，挥毫落纸如云烟；其国画，妙笔生花、栩栩如生；其二胡演奏，堪称天籁、起伏跌宕；其象棋比赛，蝉联冠军、独占鳌头。他的课讲得十分精彩，引人入胜。他的文采和才华影响我的一生。他曾是湖北省楹联协会会长，著有诗词楹联专辑，现已九十高龄。

由此可见，当一名合格的中学语文教师谈何容易。况且，还必须具备大学中文系本科学历学位，并且拥有中学教师资格证书。

国家统一考试的初中教师考试科目主要有综合素质、教育知识与能力、初中语文学科知识与教学能力；高中教师考试科目主要有综合素质、教育知识与能力、高中语文学科知识与教学能力。地方自主考试笔试科目为"教育学""教育心理学""教育政策法规"。语文教师资格普通话要求等级不低于二级甲等。

再说，语文教师最基本的工作职责，除了认真备课，还要坚持文道统一。备课既要备篇章结构、写作技巧、重点难点、字音词义，又要备教学目的，

讲授方法。对每篇课文的讲授做到目的明确、内容实在、讲法科学。切实抓好基础知识，充分体现语文学科的工具性，注意字、词、句、篇等基础知识的教学。努力培养学生听、说、读、写的能力，努力培养学生抽象思维和形象思维的能力。作文教学要做到系列化、科学化。各阶段、各学年作文训练的重点明确，训练的形式要多样，要使作文批改成为学生提高写作能力的重要一环。

浙江大学中国古代文学专业博士生导师（本科毕业于西北师范大学中文系）张兴武说过，"中文系的学生，须有一表人才，一口官话，一笔好字，一肚子学问（文章）。不如此，便不算真正合格。"言简意赅地概括语文教师教学基本功的真谛。

学者的温文尔雅，俊秀儒雅，显示出超凡脱俗的灵性与气质，就是"一表人才"的表现，学者的点滴积累更是修养"一表人才"的必由途径；"一口官话"就是普通话；"一笔好字"，即从板书到毛笔字都要拿得起来；"一肚子学问"就是要扩大阅读量，提高自己的理论素养。

由于高校扩招，使师范生的生源素质普遍下降。高校办学的针对性不强，缺乏对学生教学基本功的指导和训练，造成当今师范毕业生的整体素质与十几年前的中师毕业生相比已有较大的差距。

学校重视不够，许多学校受到教育主管部门唯升学率的压力影响，要求教师在教学中重视讲和学生的练，忽略了对教师教学基本功的要求和训练。

随着现代科技水平的不断进步，人们广泛使用电脑，传统的书信、笔墨渐渐淡出人们的视线，从而使教师的"三笔字"被弱化。教师在课堂上要求学生应重视读书和写作，可自己却成为"弹花匠的女儿——会弹不会纺"。

甚至有的教师在课堂上不敢用目光注视学生，也有的教师整节课站在讲台上，不能恰当地使用多媒体课件，完全成为幻灯片放映员。除此之外，一部分教师在课堂教学组织、对文本的驾驭和处理等方面也存在许多问题。

这些问题都反映出某些教师的基本功不扎实，它不仅会影响到教学效果，也会影响到教师专业水平的发展。

总之，做一名合格的中学语文教师可真不容易。

世界读书日

现在有些人喜欢看拆书稿，面对一本不了解的新书，看拆书稿是最快能获取作品精华的方式，书里的主要人物、故事梗概、金句名言，都能透过拆书稿管窥一豹，有时候你没空，还能边做饭边听音频，一盘菜炒下来，"一本书"也就听完了，非常方便。但是，它最多只能作为我们选择书本的指引，不能真正代替"读书"。

读书的最重要过程就是：思考。只有拿起书本，一页一页地前行，才能切实感受到作者的思路，在这个基础上加以消化理解，收获的才叫知识。

57年前，邓拓先生写过一篇名为《不要空喊读书》的文章。多年后的21世纪，依然有许多"空喊读书"的人存在。

有位邻居曾说，他很喜欢读书，每天都有睡前阅读的习惯，我就请教他是否有读过的好书推荐。他一下子给我推荐了五个微信公众号。原来，他的"睡前阅读"，就是临睡前刷刷手机。

刷手机能代替读书吗？当然不能！且不论文章质量，单从阅读习惯来说，就是大不一样的。我们用手机看文章，是快速阅读，阅读节奏可以达到一目十行，平均下来一篇文章最多耗时一分钟。在这个过程中，我们的大脑一直处于浮躁状态，随时接受着外界的干扰。而拿起书本读书，就会大不一样。虽然最初也可能沉不下心来，但如果坚持15分钟以上，大脑就会进入全神贯注的状态，甚至遗忘外界的存在。

手机阅读充其量只能算作一种娱乐活动，收获的是短时间的愉悦。如果

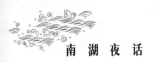

能从娱乐中得到启发，当然更好，最怕是看了为蹭流量的"爆文"，偏偏你又深信不疑，收获了一大堆负面影响。

纸质书本阅读的最大乐趣在于：当你沉浸在书本里时，完全是进入了另外一个世界，内心深处会体验到高度的充实与快乐，就好像在喧嚣的场合里开了一个隔音的雅间，心理学把这种状态称为"心流模式"，它本身就是一种提升幸福感的途径。

古人云，读万卷书，行万里路。现代人浮躁，老以为自己天天刷手机就读过万卷书了，去景区拍几张照片就行过万里路了。其实，那并不是读书和行路的灵魂，只是消遣和赶路的肉身。

做任何事都不能急于求成，只有沉淀下来，去思考，去体验，才能真正收获其中的乐趣。

邓拓先生将空喊读书的人列为三种：第一种是：因为自己没有养成读书的习惯，坐不住，又觉得读书很必要的人。第二种是：误以为拿起书本从头到尾读下去，就会变成读死书的人。第三种是：因为太懒，不愿意自己花时间去读书，只希望能找到什么秘诀，不必费很多力气，一下子就能吸收很多知识。这三种人至今仍然普遍存在。

记得有一位学者说过：一个人的精神发育史，应该是一个人的阅读史，而一个民族的精神境界，在很大程度上取决于全民族的阅读水平；一个社会到底是向上提升还是向下沉沦，就看阅读能植根多深，一个国家谁在看书，看哪些书，就决定了这个国家的未来。读书不仅仅影响到个人，还影响到整个民族，整个社会。

我的阅读，既有"浅阅读"也有"深阅读"的认知与体验。在这个快速行进与选择的时代，生活的快节奏，文化的多元化，各种电子书已经开始进驻手机桌面，越来越多的阅读是"浅阅读"。正如我们在枕上、车上、厕上看书读报，花几分钟十几分钟的阅读是"浅阅读"一样，不失为快速获取信息的好方法，比无所事事消磨时光好。

就我的另一种阅读即"深阅读"来说，特别是专业性的阅读，必须是要有一种定力的，避免碎片化的心灵浮躁和浅薄。我从事理工科专业教学与科研，又喜欢文学、历史、哲学、经济学和医学，而且文学阅读是一把不能丢的钥匙，对中外经典名著的阅读，坚守"深阅读"的底线，因为要读通读懂，方能释疑解惑。

不管是"浅阅读"还是"深阅读"，我认为各有千秋，可以各取所需。"浅阅读"我们要开心接受，"深阅读"我们要静心授受。

这些年，有各种各样的调查数据显示，阅读将在新媒体上获得新生，"浅阅读"的读者越来越多，而纸质书籍的"深阅读"成为职业人群专业化的趋势。"浅阅读"与"深阅读"都是阅读，不同的人可以有针对性的选择。读自己的专业书深读，非专业书浅读。浅读就像独自行走在溪畔，潺潺的流水，鸟儿的一两声唧啾，还有那青青的草香浸润，是一种愉悦；深读则在书林里吸收"氧份"，在知识的海洋里艺海拾贝，在静心阅读书的深化过程中获得历史、文化、思想的全面营养吸收而成就人生的追求。

深阅读与我们平时在网上进行的浅阅读相反，是一种渐渐被忽视的阅读行为，我们应当像保护古建筑或重要的艺术品那样对其采取保护措施。深阅读的消失将不利于伴随着网络长大的后代的智力和情感发展，也会影响人类文化重要组成部分的传承：小说、诗歌和其他文学类型，毫不夸张地说，这些作品只有经过阅读训练的人才能欣赏。

在认知科学、心理学和神经科学方面近期的研究已经证明了：一种慢速的、沉浸式的、有着丰富的感官细节和复杂的情感、精神体会的阅读——是一种独特的阅读体验，与单纯的认字的阅读完全不一样。虽然严格说来，深阅读的载体不一定非得是传统的纸质书，但印刷品的天然的限制对于深阅读体验却是十分有益的。比如，纸质书上是没有超链接的，这样读者就少了一些干扰——不用纠结是不是得点开链接——从而能保持全身心地沉浸在书中的文字里。

这种沉浸也得益于大脑对于有着丰富细节、暗示、比喻的语言的处理方式：利用与在现实生活中发生这种场景时相同的活跃的大脑区域创建一个心理表征。阅读有关情感状况和道德困境的文学内容也是对思维进行高强度训练的一种方法，可以激励我们对虚构的人物进行思考，甚至有研究表明，可

以增强我们在现实生活中的感同身受的能力。

这些在我们浏览网页时是体会不到的。虽然两种行为都被称为阅读，但对书籍的深阅读与在网页上进行的为了获取信息而进行的阅读是不一样的，两者有着不同的阅读体验，并且培养出了不同的阅读技能。越来越多的证据表明，在线阅读时，读者比较容易走神，而且对于阅读体验也不够满意，就连"数字原住民"都有这样的感受。比如，英国全国读写素养信托曾公布了一项在 32910 名 8 ~ 16 岁的儿童和青少年中进行的阅读体验调查结果。研究人员指出有 39% 的儿童和青少年每天都通过电子设备进行阅读，而每天阅读纸质内容的人数仅占 28%。相较于阅读纸质书的受访者，在只通过电子设备进行阅读的受访者中，不太可能说自己非常喜欢阅读的人数是其三倍，不太可能有最喜的一本书的人数占其三分之一。研究还发现，比起每日都阅读纸质书或者既阅读纸质书也阅读电子书的年轻人而言，有两倍的只阅读电子书的人不太可能成为中等以上水平的读者。

深阅读的读者远离了干扰并适应了语言的细微差别，进入了心理学家维克托·内尔在快乐阅读的心理状态研究中的一种催眠状态。内尔发现当读者非常享受阅读过程时，他们的阅读速度实际上是变慢的。快速、流畅的文字解读与缓慢的、从容不迫的阅读速度的结合，使得深阅读的读者能通过反思、分析并加入自己的回忆与思考来丰富阅读过程。并且在这样的阅读过程中，读者能有时间与作者建立亲密的关系，仿佛两个坠入爱河的人，沉浸在热烈的对话之中。

如今一个充满悖论的现象是，图书越出越多，而读书的人却越来越少。在这个崇尚快阅读、浅阅读的时代，读那些看似无用的书，到底有什么用？

新世纪的今天，我们的阅读和 20 世纪 70 年代、80 年代相比，已经有了诸多变化。市场销售最好的书往往更接近生活的实用：医学、足球、赛车、房地产、保健、养生、美容、时装、烹饪、武术、花卉、证券、股票、英语……书海茫茫，这样各取所需的阅读看上去已不再承载精神的重负，但却更加直奔主题，要的是立竿见影。

只有在读书的时候，才最平等。每个人都可以读书，读书的时候才是独立自主的。任何人，从孔夫子到普希金，你招之即来、挥之即去。想见孔子，打开《论语》就可见了，不想见，合上就走了，这多自由啊！以你为主，而且完全超越时空的界限，这何等快乐！何等幸福！此时不读，更待何时！

"浅阅读"与"深阅读"各有千秋，各人不同，阅读吧！

唐宋诗人的荆楚情结

今日休闲一刻，饮茶吟诗不亦乐乎，发现唐宋诗人很多都到访过荆楚大地，而且最爱荆州。据不完全统计，有 35 位诗人在荆州吟诗 212 首，有 27 位诗人在武汉留诗 203 首，有 26 位诗人在襄阳留诗 66 首。

唐宋诗人最喜爱的荆楚景点，当然是黄鹤楼。南朝刘宋时期，诗人鲍照最先在黄鹄矶上留下了诗作《登黄鹄矶》。到了唐朝，崔颢是诗人中较早登上黄鹤楼的一位，留下千古名篇《黄鹤楼》。李白多次登临黄鹤楼，写下了十几首与黄鹤楼有关的诗歌，成为中国诗歌史上"黄鹤楼情结"最深的诗人。王维、孟浩然等同时期的著名诗人也书写了黄鹤楼，如王维有"城下沧江水，江边黄鹤楼"(《送康太守》)，孟浩然有"分飞黄鹤楼，流落苍梧野"(《江上别流人》)等。

另外，名句"试问闲愁都几许？一川烟草，满城风絮，梅子黄时雨"的作者、宋代词人贺铸曾经在江夏做官；黄庭坚曾在武昌蛇山顶上望着紫阳湖的十里荷花留下系列名作；黄州在唐宋时期是官员被贬谪的目的地。

苏轼学博才高，对诗歌艺术技巧的掌握达到了得心应手的纯熟境界，并以翻新出奇的精神对待艺术规范，纵意所如，触手成春。而且苏诗的表现能力是惊人的，在苏轼笔下几乎没有不能入诗的题材。

黄州文赤壁有碑林，刻有苏东坡著名的《念奴娇·赤壁怀古》《前赤壁赋》和《后赤壁赋》，有此一词二赋，文赤壁当然是豪气干云的。苏东坡因受累"乌台诗案"于北宋神宗元丰三年（1080 年）贬黄州，至元丰七年（1084 年）离去，在黄州生活四年又四月，计作诗220首，词66首，赋3篇，文169篇，书信288封，合计740篇（《苏东坡黄州作品全编》，丁永淮、梅大圣、张社教编注，武汉出版社出版）。这与他接圣旨出狱发配当天作诗"平生文字为吾累，此去声名不厌低"的志向严重不符，黄州四年，苏东坡恰迎来他文学生涯的巅峰，乃黄州名山胜水，十足养人罢。苏东坡在黄州的作品，绝大多数为写美食，他写了《猪肉颂》："净洗铛，少著水，柴头罨烟焰不起。待他自熟莫催他，火候足时他自美。黄州好猪肉，价贱如泥土。贵者不肯吃，贫者不解煮。早晨起来打两碗，饱得自家君莫管。"东坡菜凡66种，有35种在黄州研制。

黄州有好吃的，也有好游的，关键在于诗人大难之后获得了一个豁达心境，苏东坡在游黄州30公里外的沙湖之后，作词《定风波》："莫听穿林打叶声，何妨吟啸且徐行。竹杖芒鞋轻胜马，谁怕？一蓑烟雨任平生。料峭春风吹酒醒，微冷，山头斜照却相迎。回首向来萧瑟处，归去，也无风雨也无晴。"

便是那样的品饮，又是此样的悠游，苏东坡写下了"大江东去，浪淘尽，千古风流人物。故垒西边，人道是，三国周郎赤壁。乱石穿空，惊涛拍岸，卷起千堆雪。江山如画，一时多少豪杰"（《念奴娇·赤壁怀古》）这千古绝唱。

苏轼游武昌，题黄鹤楼的对联：爽气西来，云雾扫开天地憾；大江东去，波涛洗尽古今愁。这副对联与苏词、赋相比，并不逊色。它使日日奔波劳碌于尘海中，局促于一室一地的人，顿时眼界无比开阔。登上黄鹤楼，看那滚滚滔滔、向东奔流不息的长江，迎着西天吹过来的长风，只觉神清气爽。平时进退得失荣辱，家国盛衰兴亡，天地间多少遗憾和悲愁，都随江天雾散云开，一扫而空，都被江中浪涛涤荡干净。只觉得自己已融入这无边无际、无穷无尽的天地时空之中，真是目空今古。如果说苏轼在赋中"哀吾生之须臾，羡长江之无穷"，在词中"多情应笑我，早生华发"，还有一点消极感伤，在此联中，则是清旷豪放，精神振奋。全联气势恢宏，意境深远。联中运用了文学手法，富有动感。本是西风东来，吹开云雾，人的遗憾随雾散云开而消失净尽，可是作者不如此直说，而是用了曲笔，让"云雾扫开"，将云雾人格化，云雾有情，为迁客逐臣扫去心中大憾。同时又将波涛人格化，波涛也通天心人意，为忠臣志士洗尽古今兴亡的悲愁。下联从"问君能有几多愁，恰似一

江春水向东流""大江东去，浪淘尽、千古风流人物"等句蜕化而出，使人神远。

最后，不妨看看苏轼写的关于黄鹤楼的诗："黄鹤楼前月满川，抱关老卒饥不眠。夜闻三人笑语言，羽衣著屐响空山。非鬼非人意其仙，石扉三叩声清圆。洞中铿鈜落门关，缥缈入石如飞烟。鸡鸣月落风驭还，迎拜稽首愿执鞭。汝非其人骨腥膻，黄金乞得重莫肩。持归包裹敝席毡，夜穿茅屋光射天。里间来观已变迁，似石非石铅非铅。或取而有众愤喧，讼归有司今几年……"

吟诗赏析，百感交集。唐宋诗人，令人仰望。

中华诗词大放光彩

"诗可以兴、可以观、可以群、可以怨。"中国诗歌源远流长，精美博大，无与伦比。无论思想之含蓄、意境之深邃、感情之充沛、语言之丰富、文字之凝练、音韵之优美、风格之纷繁、体式之多姿、技艺之高超、生命力之强大，可以说，任何一个国家、一个民族的诗歌，无有能出其右者。诸如《诗经》《楚辞》、唐诗、宋词、元曲、楹联等一大批光辉夺目的作品，诸如屈原、陶渊明、谢灵运、李白、杜甫、白居易、李商隐、杜牧、苏轼、柳永、李清照、陆游、辛弃疾、汤显祖、关汉卿等一大批出类拔萃的杰出诗人，可以说是中国文学艺术中一绝的中华诗词，自古至今，一直激励着人民前进，推动着文化发展，是一座永垂不朽的入云丰碑。

当代著名哲学家涂又光生前说过："文史哲是一回事，文是形式，史是事实、是内容，而哲是所要表达的思想、是形式与内容所蕴含的形而上的精神。"的确如此，金昌绪的一首《春怨》，形式是五言绝句的诗，内容是妻子思念出征的丈夫，怨恨黄莺啼醒了她的好梦，而思想是反战。诗，是文学，也是艺术，也是文史哲一体的作品，而且也是科学。今天，我国有教育家讲："艺术优于科学。"而意大利学者维珂说："一切艺术都起源于诗。"何况中华诗词！

诗经名句"它山之石，可以攻玉"出自《诗经·小雅·鹤鸣》，指别国的贤才可以用来治理本国，后比喻借助外力，改正自己的缺失。《诗经》是我国第一部诗歌总集，收入自西周初年至春秋中叶五百多年的诗歌305篇，又称《诗三百》。先秦称为《诗》，或取其整数称《诗三百》。西汉时被尊为儒家经典，

始称《诗经》，并沿用至今。

楚辞是战国时代伟大诗人屈原创造的一种诗体。楚辞又称"楚词"。楚辞运用楚地（今两湖一带）的文学样式、方言声韵，叙写楚地的山川人物、历史风情，具有浓厚的地方特色。汉代时，刘向把屈原的作品及宋玉等人"承袭屈赋"的作品编辑成集，名为《楚辞》，成为继《诗经》以后，对我国文学深远影响的一部诗歌总集，也是我国第一部浪漫主义诗歌总集。

经典名句"路漫漫其修远兮，吾将上下而求索。"道路远又长，我将上天下地地求索（理想）。这种不断探索前行的精神，至今仍感染着世人。

汉乐府是继《诗经》之后，古代民歌的又一次大汇集，不同《诗经》的浪漫主义手法，它开诗歌现实主义新风。汉乐府民歌中女性题材作品占重要位置，它用通俗的语言构造贴近生活的作品，由杂言渐趋向五言，采用叙事写法，刻画人物细致入微，创造人物性格鲜明，故事情节较为完整，而且能突出思想内涵着重描绘典型细节，开拓叙事诗发展成熟的新阶段，是中国诗史五言诗体发展的一个重要阶段。《陌上桑》和《孔雀东南飞》都是汉乐府民歌，后者是我国古代最长的叙事诗，与《木兰诗》合称"乐府双璧"。

《陌上桑》是汉乐府民歌中著名的叙事诗之一。它叙述了一位采桑女反抗强暴的故事，赞美了罗敷的智慧，暴露了太守的愚蠢。运用丰富的想象、铺陈夸张、侧面烘托等手法。其诗云：日出东南隅，照我秦氏楼。秦氏有好女，自名为罗敷……

《唐诗三百首》是一部流传很广的唐诗选集。唐朝二百八十九年间，是中国诗歌发展的黄金时代，云蒸霞蔚，名家辈出，唐诗数量多达五万余首。在数量上以杜甫诗最多，有38首、王维诗29首、李白诗27首、李商隐诗22首。其中五言古诗33首，乐府46首，七言古诗28首，七言律诗50首，五言绝句29首，七言绝句51首。五言古诗简称五古有，是唐代诗坛较为流行的体裁。唐人五古笔力豪纵，气象万千，直接用于叙事、抒情、议论、写景，使其功能得到了空前的发挥，其代表作家李白、杜甫、王维、孟浩然、韦应物等。七言古诗简称七古，起源于战国时期，甚至更早。

宋代是我国最富有创造力的文艺时期之一，文学成就独步一时。除了继承唐代文学的优秀传统外，还形成了自己的风貌。宋代诗歌是宋代文学的代表，特别是唐宋八大家使宋诗流传更广。除了诗歌以外，宋词更是文学皇冠上光辉夺目的明珠，与唐诗争奇，与元曲斗艳。宋词句子有长有短，便于歌唱。因是合乐的歌词，故又称曲子词、乐府、乐章、长短句、诗余、琴趣等。宋词的代表人物主要有苏轼、辛弃疾、柳永、李清照。

元曲四大家指关汉卿、白朴、郑光祖、马致远四位元代杂剧作家。四者代表了元代不同时期不同流派杂剧创作的成就，因此被称为"元曲四大家"。关汉卿的散曲全收在《金元散曲》中，《窦娥冤》《救风尘》《单刀会》是他的优秀代表作。

诗，特别是以汉字为载体的中华诗词，形式上，文字精练，文体奇美，声韵协调；内涵上，感情丰富，意境深邃，境界高超；历史上，源远流长，博大精美，枝叶繁茂。影响之广之深之远，实难尽言。概而言之，它体现着中华民族生生不已、自强不息的伟大精神。

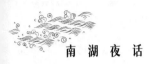

东湖轶事

　　东湖现在的样子是多少人连续奋斗的结果。如果说任桐的"琴园"和"沙湖十六景"是东湖风景区较早较具体的文化渊源之一，那么，周苍柏的海光农圃则是东湖风景区迄今保存完好、历史悠久、有计划有目的进行旅游休闲建设的文化遗存。关于周苍柏先生，各种追忆的文字不少。

　　近代中国历史上，有一个赫赫有名、至死痴迷武汉东湖的人物——任桐，这个毕生都在山水间沉醉的男人出生浙江永嘉，字琴父，自号沙湖居士。字琴父，显见他对音乐的热爱；自号沙湖居士，可见他游遍中国山水之后唯独痴情沙湖。很多人并不知道任桐看到的沙湖，其实包括现在的沙湖、东湖、东湖风景区以及梁子湖、龙泉山。最早沙湖也称歌笛湖，是明代楚藩播种芦苇取膜为笛簧的地方。歌笛湖，一个多么令人心动的名字。清朝光绪庚子，任桐宦游至鄂，不期而遇沙湖，从此死心塌地钟爱。任桐本就是一个"枕石以听泉声，迎风而寻松籁，鸣琴在天，画图入目，旷然写远，乐以忘忧"的行者，得遇沙湖，当然欣喜若狂兴奋莫名。那是一个风和日丽的日子，任桐闲游到沙湖，远望洪山、灵泉、九峰等山，而沙湖将所有山峰尽揽入怀，倒映水中，水清见底，波光粼粼，绿色盈盈。如此博大如此浩渺，如此纯粹如此清丽，让任桐痴了傻了，潜意识播下为沙湖正名并扬名的种子。

　　所以，任桐是近代历史或曰武汉历史上第一个全面而认真梳理东湖风景的有识之士，他一生忘情山水的志向终于找到了一个落脚点，把欢愉自然的全部心血，凝聚到一本寄情山水的《沙湖志》中，具体到一座占地百亩的私家园林"琴园"里。有一个说来神奇，但也可见任桐知恩图报的感人故事。那是辛亥革命之后，一九一六年八月初五，已经不问世事寄居武昌沙湖的任桐，本是到歌笛湖一带视察商埠，这时，北门外忽然跑来一条狗，口衔一个女婴，慌张中吐在任桐的眼前。任桐热爱自然，心底至善，立即将女婴抱回家中，叮嘱其妻邱氏全心抚养。其妻喜爱有加，给这个孩子取名"我改"，成为任桐的第二个女儿。此举感召苍天进而不断赐福，于是任桐时来运转，此后全是坦途。次年春，任桐满怀感念沙湖赐女之恩，在武胜门外五里之遥、黄鹤楼之北、歌笛湖之西的沟口一带购地百亩，大兴土木修筑了"琴园"。那棵发生狗吐女婴的柏树保留在琴园里的"渡春桥"旁边，任桐留作永远的纪念。

那时的琴园，就在沙湖旁边，向南连接江夏，向北靠近青山，向西连通长江。正面是汉阳古琴台，并非面对它而取名，而是"琴父筑之，琴父居之，乃以已字字之""乐在乎高山流水之间"，是字琴父的任桐与伯牙那种高山流水志向的冥冥默契和呼应，巧合中确也相得益彰。就是在修筑琴园期间，任桐才发现自己原来毕生酷爱山水是上天刻意造化于己，从小生活在江南园林，长大以后遍览山水，到底还是为了有朝一日蒙受上苍之恩，吸自然之灵，亲自动手设计修造一座工程伟大、前无古人的宏大园林。有一个细节足见任桐具备深厚的园林景观审美水准：琴园开建时有一栋定价 4000 余金的小楼，在任桐去京办事间落成，他回来一看，大失所望，把造楼价钱支付丁人后，否定原西洋风格设计，立即差人原地拆除，重建为中国古典风格的景观楼。从此，任桐专心琴园建造，亭台楼阁、曲折回廊、金石古董、名人字画等应有尽有，所有景点楹联题咏，都是任桐一个人自作自书。毕生知识，毫无保留，尽情发挥在这座至今音讯全无了的琴园。

任桐的琴园值得有关专家真正耐心细致地加以研究、运用。我接下来要说的是任桐既是殚精竭虑，也是极尽才华提炼出的"沙湖十六景"。先听听这十六个景观的名字：琴堤水月、雁桥秋影、寒溪渔梦、金冢桃花、东山残碣、九峰晨钟、虎岩云啸、卓刀饮泉、泉亭松韵、兰岭香风、青山夜雨、石壁龙湫、沟口夕阳、夹山咏雪、梁湖放棹、鸥岛浴波。其中金冢、东山、卓刀、泉亭、鸥岛，在如今的东湖风景区范围内。任桐以其横溢才情附着沙湖山水，所提

这十六景观，把每一处景致与自然属性精彩关联，文史功底深厚，让人一目
了然却回味无穷。

任桐对于武汉这座历史悠久的文化名城，贡献是巨大的，他以其深远的
目光、睿智的发现、聪颖的文思、艰苦的行动，为我们这座城市实实在在建
造出一个无比美丽、无比壮阔的琴园，启示后人在建造城市园林景观时如何
发现自然之美、如何定位这座城市固有之美。

屈原与东湖

屈原忠贞为国，却"信而见疑，忠而被谤"，被迫流离江汉。《九章·涉江》篇中记述："乘鄂渚而反顾兮，欸秋冬之绪风。"鄂渚，据说是长江中的一个小洲。《九章·哀郢》篇中也有"过夏首而西浮兮，顾龙门而不见""背夏浦而西思兮，哀故都之日远。登大坟以远望兮，聊以舒吾忧心。"夏首，即夏水（汉水）口，也即夏口；夏浦，水边为浦，也是指夏口（汉口古称夏口）。大坟，据郭沫若先生考证，就是今天的汉阳龟山。据此记载，证明两千多年前，屈原就曾行吟武汉东湖一带，留下了脍炙人口的诗篇与众多的人文遗迹。

屈原生于秭归，卒于汨罗，游于武昌东湖一带，与东湖有着深厚的情缘，留下众多的人文胜迹与优美传说。据上海古籍出版社出版的《湖北通志》载，很早以前就有人在今武昌东湖一带建公祠纪念屈原。

在东湖风景区开发建设之初，东湖建设委员会在中央领导人的直接关怀下，邀集全国的专家学者经过充分论证，进一步把东湖和屈原紧密地联系在一起。根据《楚辞·渔父》中"屈原既放，游于江潭，行吟泽畔"的叙述，于1953年建成主体为一座三层绿瓦方形阁式建筑，阁前为屈原对天吟诵的塑像，定名"行吟阁"，阁名由郭沫若亲笔手书。其后又相继建成沧浪亭、橘颂亭和屈原纪念馆等纪念性园林建筑，董必武亲自为屈原纪念馆题写匾额，郭沫若为之题联，并多次在国际会议上向世界推介，屈原纪念馆在20世纪50年代已经在海内外颇负盛名。中外一流的书画大师纷纷为屈原纪念馆献字献画，并引以为荣。中国画界一代宗师齐白石、徐悲鸿，日本被称为书法泰斗

的太云之德等都曾向屈原纪念馆捐献过字画。

进入 21 世纪以来，逐步恢复和发掘屈子文化的丰富宝藏，充分利用东湖优美的风景资源和位于武汉市城区中心的区位优势，对于弘扬中华民族的优秀文化，打造一流的旅游品牌具有重大的文化意义。

东湖的秀山丽水浸润着屈子文化的生成，屈子文化又为东湖这片秀山丽水增添了永世不灭的光辉。

屈原在《离骚》的结尾说："国无人莫我知兮，又何怀乎故都？既莫足与为美政兮，吾将从彭咸之所居。"屈原一生全部政治活动和文学活动都是以实现美政思想为最高和最终目标。屈原美政思想的主要内容表现在五个方面：一是德政惠民，即民本思想；二是修明法度，即法治思想；三是举贤授能，即立国思想；四是主张合纵，即强国思想；五是革新朝政，即兴国思想。这些思想既符合屈原时代的要求，又可以在屈原作品中寻找到例证。

屈原是爱国诗人，郭沫若在《伟大的爱国诗人——屈原》一文中，称屈原为"伟大的爱国诗人"，虽然屈原"他生在楚国，热爱楚国，但他对于祖国的热爱，是超过了楚国的范围的"；屈原是人民诗人，闻一多在《诗人节特刊》上发表的《人民诗人——屈原》，是关于屈原是人民诗人的一篇专论。文称："古今没有第二个诗人像屈原那样曾经被人民热爱，屈原与端午节的结合，便证明了过去屈原是与人民结合着的，也保证了未来屈原与人民还要求结合着。"

屈原生活在我国历史上的战国时代中后期，约出生于公元前 340 年，卒年约为公元前 278 年。共经历了宣王、威王、怀王、顷襄王四个王朝。楚怀王统治时期共 30 年，即公元前 329 年至公元前 299 年。顷襄王统治时期近 36 年，即公元前 298 年至公元前 262 年。屈原 11 岁到终年，正是在楚怀王，顷襄王统治时期度过的。

《楚辞》里既有屈原的作品，还有楚人宋玉、景差等人的作品，甚至连汉人贾谊、东方朔等人的作品也辑入其中，又加上《楚辞》流传的曲折历史，因此，形成了界定屈原作品的复杂性。对于屈原著作权的争论，在当代学术界，大多认为《离骚》《天问》《招魂》《卜居》《渔父》以及《九歌》十一篇、《九章》九篇，共二十五篇为屈原所作，而对于《大招》《远游》仍多有争议。

《离骚》是政治抒情诗，全诗把事实的叙述、慷慨的抒怀和幻想的描写，以及某些故事性情节交织在一起，波澜壮阔而又完美生动。《离骚》抒发的情感主要有五个方面：一、高洁人格：既替余以蕙纕兮，又申之以揽茞；二、美政思想：亦余心之所善兮，虽九死其犹未悔；三、政治处境：众女嫉余之峨眉兮，谣诼谓余以善淫；四、揭露谗邪：固时俗之工巧兮，偭规矩而改错；五、爱国志向：虽体解吾犹未变兮，岂余心之可惩？

郭沫若说："我国的屈原，深信有一，不望有二。"郭沫若对屈原情有独钟，热爱屈原，崇尚屈原，学习屈原，研究屈原，他认为"中国有史以来的第一个伟大的诗人要推数屈原"，称"屈原不仅是一位热爱人民的诗人，同时也是一位有远大抱负的政治家"。1941年，郭沫若凭着对屈原遭遇的熟悉，写完了五幕历史剧《屈原》，该剧只写了屈原悲剧的一天，从清早到夜半过后，即已涵盖了一个时代和屈原的一生。

古文献中最早有龙舟记载的是公元前318—公元前296年，相当于战国中期的《穆天子传》。关于龙舟竞渡的起源，众说纷纭，流传最广的是源于纪念楚国爱国诗人屈原。公元前278年农历五月初五，爱国诗人屈原因政治主张不被采纳，反遭小人诬陷，含恨抱石自沉汨罗江。楚人怜之，纷纷驾船争逐江上相救。随着历史推移，龙舟竞渡逐渐从民间地方习俗演变成具有官方色彩的专业竞技活动，并传播到世界很多国家和地区。

关于屈原的被放逐地，大致有三种说法：一、放逐汉北说，此说的主要依据是《抽思》的"有鸟自南兮，来集汉北"诗意；二、放逐江南说，主此说的学者，大多认为屈原是在顷襄王时代被放逐江南的，主要依据是《招魂》"魂兮归来哀江南"；三、放逐陵阳说，有的学者认为屈原在顷襄王时被放逐之地是陵阳，此说的主要依据是《哀郢》："当陵阳之焉至兮，淼南渡之焉如？"

屈原的伟大具体体现在：一、热爱大中国的爱国主义，郭沫若先生说："他生在楚国，因而热爱楚国，但他的对于祖国的热爱，是超过了楚国的范围的。"二、同情最下层人民的民本思想，主要体现在：从思想上同情人民，从政期间通过改革使人民得到好处，在共赴困难的时候不愿意离开人民。三、大无畏的批判精神，他接受过诸子哲学思想，具有朴素的唯物主义，对楚国的黑

暗政治，乃至对楚王和旧贵族势力采取怀疑、质问和批判态度。

屈原在中国文学史上的贡献是伟大的，有着极为崇高的地位。他在充分吸收民间文学的基础上，创造了"楚辞"体诗歌，推动了中国诗体形式的发展。从屈原开始，中国古代诗歌开创了从集体创作到个人创作的新时代。

屈原的思想和品格光照千古，他忠于国家、关心人民的爱国情感，坚持进步理想、九死不悔的斗争精神，疾恶如仇、修身洁行的高尚品格，也给后代留下了深刻影响。

屈原曾任"三闾大夫"之职，"三闾大夫"到底是做什么的呢？据王逸《离骚序》说："三闾之职，掌王族三姓，曰昭、屈、景。屈原序其谱属，率其贤良，以厉国士。"一是认为三闾大夫属管理王族、教育王族子弟的官；二是认为三闾大夫是掌管王族屈、景、昭三姓的事；三是认为三闾大夫是领导同族中的优秀人才为国家办事；四是认为三闾大夫是邑大夫。从以上可以看出，大部分学者认为是管理王族三姓、教育王族三姓之弟的。

鲁迅曾将《离骚》中"路漫漫其修远兮，吾将上下而求索"作为小说集《彷徨》的题词。在鲁迅创作的五十余首旧体诗中，近二十首使用了楚辞的词语，像《湘灵歌》简直是《九歌》之外的又一歌，《莲蓬人》《祭书神文》《无题〈洞庭木落楚天高〉》《悼丁君》等诗篇，不但在遣词造句上用的是骚体语言，而且在全诗的意境上也和骚体诗十分接近。

屈原的一生悲惨多难，首先遭受奸佞诋害，被楚怀王"疏"与"绌"，直到"流放"，又被顷襄王"迁之"，最后"披发行吟"，"颜色憔悴，形容枯槁"，"自投汨罗以死"。虽然屈原遭受了这么多令人难以想象的厄运，但他却没有像当时的部分谋士幕僚那样出走他国。纵观古今，主要有五说：一是眷顾祖国不忍去；二是爱恋人民不能去；三是赤胆忠君不可去；四是楚族同姓不当去；五是思想保守不愿去。

屈原的作品有《离骚》《天问》《九歌》《九章》《招魂》等，《离骚》是屈原的代表作，也是中国古代文学史上最长的一首浪漫主义的政治抒情诗。《天问》是古今罕见的奇特诗篇，它以问语一连向苍天提出了172个问题，涉及了天文、地理、文学、哲学等许多领域，表现了诗人对传统观念的大胆怀疑和追求真理的科学精神。

《九歌》是在民间祭歌的基础上加工而成的一组祭神乐歌，诗中创造了大量神的形象，大多是人神恋歌。

作为楚国都城之郢，它见证了楚国从兴盛到衰败的历史。屈原《九章》中有《哀郢》诗篇，屈原到底为什么如此凄婉而哀郢呢？如细说其中缘由，实与屈原思想、时代背景等方面相关联，古今诸家主要有五种说法：一是因白起破郢而哀郢；二是因百姓逃荒而哀郢；三是因思君念国而哀郢；四是因朝廷昏庸而哀郢；五是因析之战争而哀郢。从屈原思想、时代背景等大的道理来说，以上五种说法均可。

总之，这两年畅游东湖参观屈原纪念馆使我深刻地认识到我国是一个诗歌创作极为繁荣的国家，从古到今，诗词曲赋作家如繁星丽天，而以伟大的爱国诗人屈原为其冠冕。楚辞是继《诗经》之后彪炳我国诗坛的又一新兴的诗歌体裁，屈原是楚辞创作的最大作家，也是我国诗史上第一位著名的浪漫主义诗人。他的代表作《离骚》这一政治抒情长诗，两千多年来更是被尊为可"与日月争光"的杰作。其他如《九歌》《九章》《渔夫》《天问》也都是古老的艺术珍品。同时也使我由浅入深，不断提高研读《楚辞》的兴趣，逐步加深对这部继《诗经》之后我国诗史上的又一高峰之作的认识。

东湖山水秀美，景观别致，风光迷人。湖水镜映，山体如屏，山色如画。东湖一年四季，景色诱人；春季山青水绿、鸟语花香；夏季水上泛舟，清爽宜人；秋季红叶满山，丹桂飘香；冬季踏雪赏梅，候鸟竞翔。

湖北是古楚国腹地和三国演义主战场，东湖是最大的楚文化游览中心，行吟阁、屈原纪念馆、楚市、楚之始祖祝融塑像、气势磅礴的楚天台和离骚碑刻，无不显现出八百年楚文化的辉煌与博大。

李白诗篇定乾坤

长江发源于唐古拉山山脉的主峰格拉丹东雪山的西南侧。它从西到东，流淌在中国大地的中部、稍稍偏南一点。

在从前的地理教科书里，说长江的长度是 5000 多公里，近几年来，经过我国科学工作者千辛万苦的实地勘测，获得了比较确切的数据——长江的实际长度是 6380 多公里。从长度来讲，除南美洲的亚马孙河和非洲的尼罗河以外，长江就是世界上当之无愧的第三大河流。

长江的干流从青海出发，流经西藏、四川、云南、湖北、湖南、江西、安徽、江苏、上海一共 10 个省、市、自治区，最后注入东海。长江的支流洋洋洒洒分布在甘肃、陕西、河南、贵州、广西和浙江。整个长江流域的面积多达 180 万平方公里，占我国陆地面积的五分之一。

长江两岸有着数不尽的绮丽风光，江山如画！流经的主要城市有：重庆、武汉、岳阳、安庆、铜陵、芜湖、马鞍山、南京、扬州、镇江、常州、南通、上海。

有人会问，流经这么多城市中为什么只有武汉称为江城呢？这与唐朝大诗人李白有关。李白曾在安陆断断续续居住了十几年，安陆是楚文化的发祥地之一，因而李白会在诗歌里声称"我本楚狂人"。安陆与武汉相去不远，只有几十公里。李白居住在安陆时，经常去武汉与文朋诗友相约，流连往返于黄鹤楼等地。

位于长江之滨的黄鹤楼，是一座千年名楼，与江西南昌的滕王阁、湖南岳阳的岳阳楼并称为"江南三大名楼"，是许多诗人骚客吟诗作画的场所。在李白来到黄鹤楼之前，另一名诗人崔颢已经写下"日暮乡关何处是，烟波江上使人愁"的千古名句。李白不服气，也写了一首关于黄鹤楼的诗篇，那就是送别孟浩然时写下的《黄鹤楼送孟浩然之广陵》，里面的"孤帆远影碧空尽，唯见长江天际流"一句，也是流传至今，脍炙人口。

除了黄鹤楼，李白还在武汉的其他地方游历、交友，留下了《江夏行》《江上寄巴东故人》《江夏送张丞》《江夏别宋之悌》《江夏送友人》《送二季之江东》《赠张公洲革处士》等诸多诗篇。李白诗篇里的江夏，即今天位于武汉市南部的江夏区。

"安史之乱"爆发，李璘兵败后，李白受到牵连，被流放到夜郎（西南地区）。期间，他经过江夏时，老朋友史郎中与他相会，并陪同他游览黄鹤楼。故地重游，李白心里却没有喜悦之情，分外沉重。当他听到黄鹤楼里传出的悠悠笛声时，写下诗歌《与史郎中钦听黄鹤楼上吹笛》："一为迁客去长沙，西望长安不见家。黄鹤楼中吹玉笛，江城五月落梅花。"

在这里，李白用"江城"指代武汉，是武汉被叫作"江城"的最初由来。随着这首诗的广泛流传，人们逐渐习惯于将武汉称为"江城"。

幸运的是，当李白到达白帝城（今重庆奉节）时，朝廷因关中发生旱灾，大赦天下，李白的处罚也被赦免了。李白惊喜交加，随即乘舟东下江陵，并写下那首《早发白帝城》："朝辞白帝彩云间，千里江陵一日还。两岸猿声啼不住，轻舟已过万重山。"

当然，武汉能够被称为"江城"，自然少不了大大小小的江河湖泊。中国第一长的长江，浩浩荡荡地流经武汉。长江最大支流汉江，也在流经陕西、湖北两省后，在武汉市汉口龙王庙汇入长江。此外，武汉还拥有众多的湖泊，被称为"百湖之市"。

"黄鹤楼中吹玉笛，江城五月落梅花。"可见当时是可以在黄鹤楼中吃饭的，是可以宴饮的。黄鹤楼屡毁屡建，目前的黄鹤楼重建于1985年。在秀山起伏、湖波荡漾的美丽江城，黄鹤楼高居蛇山之巅，千百年来，白云环绕其上，滚滚长江从她的脚下东流而去。

冲决巴山群峰，接纳潇湘云水，浩荡长江在三楚腹地与其最长支流汉水交汇，造就了武汉隔两江而三镇互峙的伟姿。这里地处江汉平原东缘，鄂东南丘陵余脉起伏于平野湖沼之间，龟蛇两山相夹，江上舟楫如织，黄鹤楼天造地设于斯。

黄鹤楼是古典与现代熔铸、诗化与美意构筑的精品。她处在山川灵气、动荡吐纳的交点，正好迎和中华民族喜好登高的民风民俗、亲近自然的空间意识、崇尚宇宙的哲学观念。

登楼眺望，视野开阔，远山近水一览无余。"黄鹤一去不复返，白云千载空悠悠。晴川历历汉阳树，芳草萋萋鹦鹉洲。"崔颢诗中的意境，深远隽永，耐人寻味。

现在的黄鹤楼公园位于武汉市武昌区蛇山之上，东起大东门，西至武汉长江大桥桥头堡，北邻京广线，南靠武珞路和武汉长江大桥引桥。龟蛇两山隔江相对，武汉长江大桥一桥飞架南北。

武汉不愧为一座历史悠久的文化名城，李白以天纵之才，擅长描绘山水。他对武汉山水的描写，格外值得珍视。早年的江夏送别诸作，如"孤帆远影碧空尽，惟见长江天际流"（《黄鹤楼送孟浩然之广陵》）、"楚水清若空，遥将碧海通"（《江夏别宋之悌》）、"云峰出远海，帆影挂清川"（《送二季之江东》）、"天清一雁远，海阔孤帆迟"（《送张舍人之江东》）等，描写湛湛江水与片片征帆，都突显了武汉形胜。晚年更驱遣诗笔，浓墨重彩地描写黄鹤楼、鹦鹉洲、郎官湖、汉阳等江城胜迹。正是诗仙的不凡手笔，为江城山水增添了丰富的人文底蕴，江城武汉亦因诗仙李白的旷世奇缘而有了不凡的色彩。

哲理篇

NANHU YEHUA

慢品人生细品茶

多年以前的我并不嗜茶，甚至对茶不甚了解。那时的茶对于我而言，只是源于自然界的一种纯绿色饮品，渴了，喝一杯，仅此而已。

一次，朋友从杭州出差带回了一盒西湖龙井送我，并建议我坚持饮用。因为我长期熬夜做学问，之前总是疲倦时用冷水冲头后挑灯夜战。饮茶确实有醒脑提神的功效，一杯一杯浓茶助我完成一篇又一篇学术论文、一个又一个科研课题。真是皆大欢喜！于是我也就慢慢爱上了饮茶。

后来，我去浙江大学参加学术研讨会，会议结束后我特地去参观了当地的茶村和茶场以及西湖的茶社、茶馆。从采摘到晒青、凉青、摇青、筛青、炒青，再到揉捻、包捻、焙干、挑梗，直到包装的整个制作工艺流程了解得清清楚楚。

客从远方来，多以茶相待。临别时，浙大的朋友在西湖畔最好的一家茶社招待我们。君子之交淡如水，茶人之交醇如茶。我们侃侃而谈，谈学术、谈友情、谈茶道，兴致勃勃。

汉族人习惯以茶待客，并形成了相应的饮茶礼仪。比如，请客人喝茶，要将茶杯放在托盘上端出，并用双手奉上。茶杯应放在客人右手的前方。在边谈边饮时，要及时给客人添水。客人则需善"品"，小口啜饮，满口生香，而不是作牛饮。

茶道是一种以茶为媒的生活礼仪，也被认为是修身养性的一种方式，它通过沏茶、赏茶、闻茶、饮茶，增进友谊，美心修德，学习礼法，是很有益

的一种和美仪式。喝茶能静心、静神，有助于陶冶情操、去除杂念，这与提倡"清静、恬淡"的东方哲学思想很合拍，也符合佛、道、儒的"内省修行"思想。茶道精神是茶文化的核心，是茶文化的灵魂。

茶艺是通过品茶活动来表现一定的礼节、人品、意境、美学观点和精神思想的一种饮茶艺术，兴于中国唐代，盛于宋、明代，衰于清代。中国茶道的主要内容讲究五境之美，即茶叶、茶水、火候、茶具、环境，同时配以情绪等条件，以求"味"和"心"的最高享受。

茶道是以修行得道为宗旨的饮茶艺术，包含茶礼、礼法、环境、修行四大要素。茶艺是茶道的基础，是茶道的必要条件，可以独立于茶道而存在。茶道以茶艺为载体，依存于茶艺。茶艺重点在"艺"，重在习茶艺术，以获得审美享受；茶道的重点在"道"，旨在通过茶艺修心养性、参悟大道。茶艺的内涵小于茶道，外延大于茶道，介于茶道和茶文化之间。

中国茶文化美学强调的是天人合一，从小茶壶中探求宇宙玄机，从淡淡茶汤中品悟人生百味。

茶分六种：红茶、绿茶、黑茶、黄茶、清茶（乌龙茶）和白茶。我最喜欢的还是西湖龙井，云南普洱次之。

传说乾隆皇帝下江南时，来到杭州龙井狮峰山下，看乡女采茶，以示体察民情。这天，乾隆皇帝看见几个乡女正在十多棵绿茵的茶树前采茶，心中一乐，也学着采了起来。刚采了一把，忽然太监来报："太后有病，请皇上急速回京。"乾隆皇帝听说太后娘娘有病，随手将一把茶叶往袋内一放，日夜兼程赶回京城。其实太后只因山珍海味吃多了，一时肝火上升，双眼红肿，胃里不适，并没有大碍。此时见皇儿来到，只觉一股清香传来，便问带来什么好东西。

乾隆皇帝也觉得奇怪，哪来的清香呢？他随手一摸，啊，原来是杭州狮峰山的一把茶叶，几天过后已经干了，浓郁的香气就是它散出来的。太后便想尝尝茶叶的味道。宫女将茶泡好，茶送到太后面前，果然清香扑鼻，太后喝了一口，双眼顿时舒适多了，喝完了茶，红肿消了，胃不胀了。

太后高兴地说："杭州龙井的茶叶，真是灵丹妙药。"乾隆皇帝见太后这么高兴，立即传令下去，将杭州龙井狮峰山下胡公庙前那十八棵茶树封为御茶，每年采摘新茶，专门进贡太后。至今，杭州龙井村胡公庙前还保存着这十八棵御茶，到杭州的旅游者中有不少还专程去察访一番，拍照留念。

西湖龙井采用绿茶的加工工艺制成，因此属于绿茶，位居全国六大茶类之首。西湖龙井采用茶树新叶，未经发酵，直接杀青、揉捻、干燥，其制成品的色泽以及冲泡后的茶汤较多地保留了鲜茶叶的绿色。西湖龙井茶属于扁炒青绿茶的一种，特点就是形状扁平且茶叶光滑、无白毫。

香茶一杯解乏力，吉语三句暖人心。做学问时，喝一杯西湖龙井，可以醒脑明目；交友时，喝一杯西湖龙井，香飘屋内外，味醇一杯中。

人生就是在品茶中思索，在品茶中感悟，在品茶中成长。人生就像一杯茶，平淡是它的本色，苦涩是它的历程，清香是它的馈赠。

人生如茶。第一杯温茶，在父母的温室下苦壮成长；第二杯是苦茶，为自己、为人生而奋斗，吃得苦中苦方为人上人；第三杯五味茶，历经千万事，只求人间道，各种经历都会尝试；第四杯香茶，福分皆自知，人生无所求，一切都很美好；第五杯下午茶，看一切都似云淡风轻，闲谈人生；第六杯回忆茶，回忆酸甜苦辣。

人一走，茶就凉，是自然规律；人没走，茶就凉，是世态炎凉。一杯茶，佛门看到的是禅，道家看到的是气，儒家看到的是礼，商家看到的是利。茶说：我就是一杯水，给你的只是你的想象，你想什么，什么就是你。心即茶，茶即心！

喝茶，喝的是一种心境，感觉身心被净化，滤去浮躁，沉淀下的是深思。茶是一种情调，一种欲语还休的沉默；一种热闹后的落寞。茶是对春天记忆的收藏，在任何一季里饮茶，都可以感受到春日那慵懒的阳光。坐在一个人的房间，倒上一杯茶，看着茶叶的翻卷也常会令人深思。

我不禁感悟：慢品人生细品茶，夕阳路上咏风华。每天开心悠然过，永葆童心度晚霞。

心静自然凉

非是禅房无热到，为人心静身即凉。这句话来自白居易的《苦热题恒寂师禅室》。白居易曾于天气酷热时去拜访高僧恒寂禅师，见禅师在密闭如蒸笼的禅房内安静坐着，并未像常人那样汗如雨下，白居易很受震动，作诗"人人避暑走如狂，独有禅师不出房；可是禅房无热到，为人心静身即凉。"潜心静气才是避暑的最高境界。看来，"心静自然凉"确实是一剂消暑良方。

心静自然凉是道家哲学术语。心静，指为人处世、待人接物、幽居独处时的一种自然、平和的心态。清朝雍正皇帝追录康熙皇帝的训话而编辑成《庭训格言》，内中有一则训文叫《心静自然凉》，大意是说只要能做到内心平静，身上就不热。

"盛暑不开窗、不纳凉者，皆因自幼习惯，亦由心静，故身不热。……且夏月不贪风凉，于身亦大有益。盖夏月盛阴在内，倘取一时风凉之适意，反将暑热闭于腠里，彼时不觉其害，后来或致成疾。每见人秋深多有肚腹不调者，皆因外贪风凉，而内闭暑热之所致也。"

同样面对高温天气，不同的人反应不同，有人大汗淋漓、情绪暴躁；有人神清气爽、淡然自若。这样的区别除了因个人体质原因，另一个就是由心理状态决定的。因此，我们经常会说"心静自然凉"。

心静自然凉，从医学的角度是有依据的。内心平静的时候，交感神经兴奋性下降，体内肾上腺素和去甲肾上腺素分泌下降。随着代谢的减慢，人的心率就会减慢，体内产生的热量就会减少。沉思冥想时出汗量大大减少，而愤怒争吵时脸红出汗就是这个原因。

人有四种散热方式，体表热辐射、热蒸发、传导散热以及对流散热。热辐射是指机体通过将热量传给外界较冷物体散热，流汗属于热蒸发，洗冷水澡就是一种传导散热，平常吹风扇就是对流散热。这四种方式中，除对流散热，其他三种都会受到皮肤表面温度的影响。而一个人情绪急躁时大脑会兴奋，引起血管收缩，皮肤表面血流量减少，肤温降低，这会使热量不易散发。所以，性子急的人怕热，而性情温和的人就心静自然凉。

道家葛洪有句名言："无为自化，清静自在。""清静自在"四个字，多年来一直是让我心仪的境界。说到清静，我就会想到柳宗元的名诗：千山鸟飞绝，万径人踪灭。孤舟蓑笠翁，独钓寒江雪。这首诗给我送来了一幅万籁俱寂、清幽恬静的绝美景色，让人感受到了至清至静的天地人合一的完美和谐。

心清则静。道家的炼心炼气，是静；儒家的修心养性，也是静；佛家的六根清净，还是静；常人做学问、修灵性，亦是静。心静则凉，它是一种气度，一种品质。

唐朝司马承祯说："静则生慧，动则成昏。"所以说，人生的一切浮躁和欲望都是来自不清静、不安稳的心。人如果都能有心静的自然和谐，有修身养性的积极处世态度，远离悲观厌世的消极逃避，能控于己、制于心，方可万事不乱。

《黄帝内经·素问·四气调神大论》中说："夏三月，此为蕃秀。天地气交，万物华实，夜卧早起，无厌于日，使志勿怒，使华英成秀，使气得泄，若所爱在外，此夏气之应，养长之道也。"显然，这里的"使志勿怒"是其核心。夏天要保持愉快的心情，不要动辄生气发怒。通俗说来，就是"心静自然凉"。

元代养生家丘处机在《摄生消息论》中称，夏季"更宜调息净心，常如冰雪在心，炎热亦于吾心少减；不可以热为热，更生热矣。"说白了就是通过调整心态，修身养性，做到心静自然凉。

心静，是一种境界、一种智慧、一种思考，也是人生转折的必要过程，更是人生成功的必要成本。心静需要具备一种豁达自信的素质，需要一份恬然和难得的悟性。

多年来，我养成了一种心静的习惯，沉思冥想、探索真理；专心致志、潜心治学；学术专攻、功成名就。

宁静致远，夫学须静也，才须学也。非学无以广才，非志无以成学。君子的行为操守，从宁静来提高自身的修养，以节俭来培养自己的品德。不恬静寡欲无法明确志向，不排除外来干扰无法达到远大目标。学习必须静心专一，而才干来自学习。所以不学习就无法增长才干，没有志向就无法使学习有所成就。

夏日酷暑，居家清凉；诗词歌赋、陶冶情操；笔耕不辍、抒发感言。西皮二黄、优哉游哉。松涛书斋，胜似避暑胜地承德山庄。

武汉冬冷夏热，有人就像候鸟一样冬去海南夏去大连威海。近年来，夏天去神农架和利川的也不少。在我看来大可不必，其实，炎热的夏日，慢饮一杯凉茶或者冰咖啡，再加上心如碧潭、静如清泉的心境，自然会给你一个凉爽的夏日。切记：心静，自然凉！

钢琴伴我度余生

年过七旬，鉴于我将会逐步淡出学术舞台，空闲时间越来越多，精神世界最活跃的将会是诗词歌赋、戏曲音乐，钢琴将伴我度余生。

无论是在身体上还是在精神上，钢琴给我带来的好处实在很多。

首先，弹钢琴可以陶冶情操，使人心境更豁达。在专心练琴时，可以达到"神游世界，物我两忘"的境界，非常有助于修身养性。

其次，弹钢琴是锻炼思维的好方式。因为钢琴作品是所有乐谱中最复杂的，分析和理解这些乐曲，需要乐理知识、和声知识、复调知识等，还要有较强的记忆能力、推理能力、分析能力、逻辑判断能力等。所以，弹琴可以帮助开发智力，在美的熏陶中远离老年痴呆。

除了锻炼脑力，弹钢琴还能起到锻炼身体的作用。因为它需要手、眼、脚、耳、脑并用。

弹钢琴不仅可以延缓大脑衰老，还可以提高身体素质。虽然看上去弹钢琴就是一直坐在琴凳上，但其实弹琴是一个全身运动，因为弹钢琴时需要手、眼、脚、耳、脑的相互配合，要想做到标准的弹琴动作，身体的重心需要依靠臀部和脚尖支撑，上身要直立，腰部不能塌陷，手臂需要上下左右运动，脚还要踩踏板。医学研究中曾发现，有过长期学习钢琴经历的人，心脏、四肢等器官都会处于一个更加健康、平衡的状态。

经过多年的研究试验证明，合适的音乐可以提高人的记忆效率 20% ~ 50%。节奏和记忆也有着深度密切的关系，如果恰当使用节奏，可以

帮助我们更好地提高记忆力。那就说明在合适的音乐的基础上，再加上适合人脑吸收记忆的节奏，记忆的效率将会提高数倍。

练琴的时候，我弹奏巴洛克和莫扎特这些有着每分钟 60 次的节奏模式的音乐，这样的节奏模式可以激活左右大脑，更大程度的锻炼以及开发左右脑，让左右脑最大程度地记忆信息。并且当我们在演奏或者倾听一些抒情的曲子时，会促进人体释放有益的化学物质，如乙酰左胆碱，而乙酰左胆碱是脑细胞之间传递信息的一种主要物质，它对改善记忆、增强记忆力有着显著的作用。

在弹琴、聆听音乐的过程中可以调节人体大脑皮层的机能，促进人体分泌血清素和多巴胺，提高体内生物酶的活性，这样能使心情更加愉悦，调节自己的情绪。

音乐还能净化人的心灵、减轻焦虑感、使人释放出积聚压抑的情感、解除负荷沉重的心理负担，对于改善不良情绪起着极好的作用。

钢琴演奏最独到的特征就是纯净，其纯净的特点也容易引起共鸣，使人产生心驰神往的感受。

钢琴作为"乐器之王"，以声音的婉转低回所带来的深沉、庄重吸引听众。

钢琴以其独特的弹奏触键方式，使每一个从中出来的音符都带着延续，充满了意犹未尽的韵味，这使得其很难做到一个音符与另一个音符快速地钝性衔接，潜在地造就了舒缓旋律的形成，使各类音乐到这里都蕴含着侃侃而谈的风味。

传统自然性的音乐风格中不少钢琴曲的演奏讲究"刚柔相济"，要求旋律尽可能突破其原有的舒缓，形成不同的创新型演奏风格。但事实上，钢琴演奏本身即带有一种行云流水般的平缓，尤其是其与自然性音乐的演奏结合较多，这本身就潜在地把"刚性"的内容减少不少，结合钢琴旋律本身的舒缓性，这就大大扩展了其平缓的可能性。

我在情绪低落的时候，往往弹奏进行曲，这是一种富有节奏步伐的旋律。最初它产生于军队的战斗生活，后来用以表达集体的力量和共同的决心，以偶数拍作周期性反复，常用 2/4, 4/4 的拍子，进行曲使人精神焕发，意气昂扬。

有时我弹奏缠绵婉转、悠扬悦耳的小夜曲，来思念心爱的人，以表达情意。

我最喜欢弹奏的还是，贝多芬的《月光奏鸣曲》《命运交响曲》《欢乐颂》《第九交响曲》。

平时，我弹奏最多的是经典名曲《梁祝》，曲调优美，伤感唯美，一会儿波浪起伏弯弯延延，一会儿又张开收起左右摇摆，美轮美奂，无与伦比。

人生苦短，晚年也应该有自己的兴趣和幸福，钢琴恰好能给我带来这份快乐，为什么不抓住机会，去享受呢？钢琴伴我度余生，愿有琴相伴，岁月不老！

唱戏得有味，听戏要讲味

　　京剧唱念讲究"气儿""劲儿""字儿""味儿"。"气儿""字儿"比较容易理解，而且又有很多专家、学者专门加以论述。"劲儿""味儿"比较抽象，又很少有人专门谈这方面的问题。

　　京剧大师余叔岩是这样说的："听戏听什么？还不是听味儿吗。味道要越听越有味，越久远越有味。"听戏是为了听味，唱戏也得有味，因为有味，所以让人越听越爱听，而且使人听后回味无穷。有的听者、唱者不是追求味，而是图一时刺激（如卖嗓子、耍花腔、拉长腔等向台下要彩），听完唱完也就完了，犹如过眼烟云，给人留下的是一片空白，没有任何回味和留恋。

　　戏剧理论家蒋锡武说："京剧极其讲究韵味，这是一般人都知道的，尽管有些外行观众看到一些京剧演员演唱时摇头晃脑而甚不以为然，但他们也知道那是在'韵''味'。可见味的至关重要。"是这样的，过去有水平的戏迷不是"看戏"而是"听戏"。问他听什么？他说听味。再问什么是味？他就很难回答。看来，"味儿"是比较玄妙的。在蒋先生看来，要以"恬淡为味"，不追求特点，简易平淡、中正平和就是味。梅兰芳、余叔岩、杨小楼就是唱得有味的代表艺人。

　　蒋锡武说："好的腔而没有好的味，等于白唱；一般的腔而有好的味，照样能唱得引人入胜。"这话说得分量很重，但道理很深。可不是吗，听戏不听味难道只听腔？如果只听腔就不用听戏了，也用不着听名演员、大师的演唱了。由此看来，不管是专业演员或业余戏迷，不管是唱者或听者均应将注意力集中在寻味上。

　　著名京剧表演艺术家胡芝凤也对韵味做了很恰如其分的注解："韵味是艺术家对角色的气质与神韵的捕捉，是角色性格的体现，……是需要通过艺术家的独特的润腔技巧产生的。"胡芝凤的话提出两个问题：第一，演唱者对角色有所了解才能唱出感情。第二，光有感情并不等于"动人"，还必须通过润腔技巧唱出来才有味，比如发音吐字、运气、装饰音、力度、节奏、音量、高低、连断、音色都必须予以充分注意。

　　王琼在其文章《京剧演员的唱功训练：唱味》里，对"味"这一概念也有很独到的见解，文章写道："所谓唱'味'，就是声腔的韵味，包括所唱旋律是否挂味儿、流派特色是否突出，与人物身份是否吻合，与剧情戏理是否相一致。""唱'味'的另外一个标准，是要依据剧中人物的个性特征，唱出这个人物的'味儿'来。"这里韵味的出现需要很多条件来支持，缺一不可，达到很难，所以，唱得有"味"非常不容易。

　　书法家教育家奚派传人欧阳中石先生说："无论唱念，都不能使劲喊，知道了板眼、腔调、工尺是远远不够的，要唱出滋味、唱出劲头才是有味儿，味儿就是劲儿。"欧阳先生提出了一个很重要的问题："味儿"和"劲儿"的关系。"味儿"是追求、目的，"劲儿"是方法、技巧。换句话说，要想有"味儿"必须有"劲儿"。他说："说到发音的'窍门'，不是直着嗓子喊，而是有张有弛地用巧劲。余叔岩的'提溜劲'就是要求把气息永远保持在一个状态上，下沉不能松懈，上提不能僵化，要一提到底，但随时一提即起；要一提到顶，但一放即落，有内在的骨力，这就是灵活的劲头。"劲头靠气息，气息是劲头的动力。

　　余派名票刘曾复先生对劲头和韵味也有更为深刻的认识："劲头包括身心两个方面的功夫。生角有生角的各种劲头，旦角有旦角的各种劲头。"心的功夫可能指的是知戏情、懂戏理；身的功夫指的是演唱的技巧。

　　综合各位名家名票对劲头和韵味关系的论述，大致可以总结如下：唱戏得有味，味是演唱的灵魂，无味等于白唱。要想有味，必须有劲，无劲则无味。劲靠气，气是劲的动力，有味靠功夫。

科学人文相得益彰

科学是一种建立在严谨的形式逻辑系统之上，用实证来验证的一种分析和发现大自然规律的自我纠错的方法。根据美国学者 Root-Bernstein 的归纳，要判断一个理论是否科学，符合逻辑、经过验证的，缺一不可。科学也与信仰无关，凡是声称"信则有，信则灵"的，肯定不科学。对于科学来说，如果是有的、灵的，你不信也照样有、照样灵；如果是没有的、不灵的，你信了也不会就有、就灵。

科学不受价值约束，与价值无关；是已系统化、公式化了的知识。其对象是客观现象，内容是形式化的科学理论，形式是语言，包括自然语言与数学语言。

所谓人文，就是人类文化中的先进部分和核心部分，即先进的价值观及其规范。广义讲，泛指文化；狭义讲，专指哲学，特别是美学范畴。人文可分类为：文化、艺术、美学、教育、哲学、国学、历史、法律。

科学和人文被认为是两个截然不同的领域，但实际上，它们之间存在着重要而深刻的联系。

首先，科学和人文在知识上的互补性让它们无法分割。科学研究万物的发展规律，解决了许多现实问题；而人文研究人类的内在世界，保存了许多文化遗产。在研究过程中，科学需要借助人文研究的成果，人文也需要科学的发展去解决自身存在的问题。这种相互补充加深了我们对世界的理解和认识。

其次，科学和人文相互促进，在实践中发挥着至关重要的作用。科学技术的发展为人类提供了卓越的工具和技术，让我们的生活变得更加便捷和丰富。在人文领域中，科学也为人们了解自身和自然界提供了不可或缺的渠道。科学可以帮助破解人类思想的深奥之谜，让我们更好地认识自身。

科学和人文是互相依存、互相促进的。两者的相互交融，为人类文明的不断进步提供了精神支持和理论基础。我们必须尊重和发掘它们之间的联系，才能更好地理解我们想知道的事物。

当代世界科学泰斗、伟大的理论物理学家杨振宁先生，就是科学人文融合的最好典范。

在 1954 年，杨振宁和米尔斯提出了杨·米尔斯理论，开创了非阿贝尔规范场的新研究领域，为现代物理学的发展奠定了基础，被许多物理学家称为二十世纪最伟大的理论结构之一。

杨振宁还与李政道合作，提出了"弱相互作用下，宇称不守恒"定律，这一发现推翻了物理学的一个基本定律，对整个科学界产生了深远的影响，并帮助他们获得了诺贝尔奖。

杨振宁还在统计力学和凝聚态物理学等领域作出了重要贡献，包括对理论结构的研究。

杨振宁最大的科学贡献是研究了相变理论，玻色子多体问题以及创造出杨—米尔斯方程。权威的诺奖对于杨振宁来说只是小菜一碟。世界上许多获诺奖的物理学家都是研究他的理论而成名，还有六名获菲尔兹奖的数学家也是因为研究他的杨·米尔斯方程成名。

杨振宁简直就是旷世奇才，它不仅是国际上公认的最伟大的理论物理学家、科学泰斗，而且还是一位杰出的思想家和社会活动家。杨振宁学富五车、才高八斗、文采斐然、满腹经纶，他的文学素养极高，令人佩服，他的诗词结构严谨，意境悠远，文笔精炼，笔之所至如行云流水，令人如饮甘露，如沐春风，久久不能忘怀。

杨振宁先生一直是我崇拜的偶像，他是我们学习的楷模。长期以来，我们在从事理工科专业教学与科研的同时，要十分注重人文科学的滋养，科学人文相得益彰。

京剧是中国的《圣经》

　　"京剧，是中国的《圣经》。"这句话是我的一位京戏界朋友说的。此说极是。
　　《圣经》是劝人向善的，京剧也是劝人向善的。《圣经》宣扬的是上帝的旨意，京剧传达的是圣人的教诲。中国的圣人是孔孟，孔孟之道的核心是忠孝节义——这四个字可以说渗透在京剧的每出戏甚至许多经典唱段里。比如《三家店》秦琼唱的"将身儿来至在大街口"一段："舍不得太爷的恩情有，舍不得衙役们众班头，实难舍街坊四邻我的好朋友"——表现的就是个"义"字；后几句"舍不得老娘白了头，娘生儿连心肉，儿行千里母担忧，儿想娘身难叩首"——表现的就是个"孝"字。这样的例子在京剧里举不胜举。
　　据我所知，《二进宫》《四郎探母》《武家坡》《赵氏孤儿》是宣扬忠孝节义的，《锁麟囊》《乌盆记》《探阴山》是劝人行善的，《陈三两》《四进士》，是教为官者要秉公执法的。这些戏的宗旨，确实跟《圣经》是殊途同归的。
　　说到京剧，它既不是在人们的自娱自乐中自由成长起来的，也不是在敬献神灵的舞台上发展起来的。说到底，它是统治者一手扶植起来的。顺治创改编剧本之始，康熙召各地戏班晋京，乾隆大力清理删改剧目。乾隆皇帝还特别喜欢改编戏剧。他命庄亲王允禄以及张照、周祥钰等人新编和修改了大量剧本。
　　前人留下的剧本不可能都是符合统治者意志要求的。乾隆初年，清廷在扬州设立升平局，对传统剧目进行筛选审查修改。乾隆二十年，升平局将审改结果上报皇帝：杂剧，元代 15 种，明人 25 种，清人 4 种；传奇，明人 49 种，清人 37 种。可以想象,被删除、禁演的剧目是大量的。乾隆年间留下的都是昆曲剧本。而昆曲是古代遗音,喜爱者多为文人雅士。清朝中后期,皮黄——京剧的前身——逐渐兴起,并得到慈禧太后喜爱,她令人将昆曲剧本改编为皮黄,在宫中演唱。不仅自娱,还以"赏看戏"作为对大臣的一种恩宠。于是,皮黄演员日益走红,京剧遂成为时髦 。京剧,就是这样在统治者的扶植之下成了中国的《圣经》。

京剧之所以能为中国的《圣经》,文人的加盟是一个重要的因素,但不是决定的因素。决定的因素在于统治者的干预。乾隆五十五年,徽班进京之时,恰逢秦腔被禁后的空缺。尔后,徽班的艺人们在皮黄乱弹的基础上,渐渐发展成了京剧,程长庚、谭鑫培、梅兰芳等为此做出了贡献——京剧产生的时间背景和社会背景,铸成了它的品位。由于慈禧太后的喜爱,京剧得到了繁荣发展。

京剧被视为中国国粹,腔调以西皮、二黄为主,用京胡和锣鼓等伴奏,京剧表演的四种艺术手法:唱、念、做、打,也是京剧表演四项基本功。京剧行当的划分一般为生、旦、净、丑四大类型。旋律多跳进,曲调起伏跌宕,节奏形式多样,速度较快。老生流派很多,如程派(程长庚)、张派(或奎派,张二奎)、余派(余三胜)、孙派(孙菊仙)、谭派(谭鑫培)等。

我最喜欢杨派传人于魁智的唱腔,他本科毕业于中国戏曲学院,后回院研究生班深造。他的《响马传》《野猪林》《满江红》深受观众喜爱,尤其是《打金砖》。他的嗓音天赋极好,被称为京剧天才。他的唱段都是忠孝节义、劝人行善、为官者要秉公执法的内容,他不仅是一位杰出的京剧艺术家,更是"中国圣经"的优秀传播者。

没有诗人的灵魂就不可能成为数学家

　　19世纪著名女数学家索菲亚有句名言"没有诗人的灵魂就不可能成为数学家",讲得太好了,我十分赞同。

　　数学是人类最古老而又最活跃的科学,驱动着各个领域的创新与发展。在很多人看来,数学很难。它高深、艰涩,难以理解。但是我觉得,数学就如同诗歌一般,简练、优美,充满智慧,有时甚至是"画龙点睛"。

　　在很多人的眼中,数学代表着理性和严谨,诗歌充满了感性与恣意,两者之间隔着千山万水。本人却认为,数学与诗歌之间向来有着千丝万缕的隐秘关联。

　　数学之用,是经得起时间考验的。比方说,复数出现几十年以后才在电力学上得到应用;群论发明以后相当长的一段时间里没有被实际应用,但后来在量子力学里起到了关键的作用。这都说明了数学是走在时代前列的。

　　诗歌也是如此。诸多艺术流派比如浪漫主义、现实主义、超现实主义,最早都是在诗歌创作中出现,随后再影响、发展到绘画和戏剧等领域。

　　诗歌和数学还有一个共同点——简练而智慧。伟大的数学公式往往只有一行字,却能揭示宇宙间的奥秘。李白、杜甫的五言绝句只有短短的20个字,其中蕴含的智慧就足以千古流传。

　　数学是诗歌的载体。中国的诗词浩如烟海,在这茫茫诗海里处处跳动着数学美的浪花。纵观古今历史,多少诗人骚客,在自己的上乘之作中以数字画龙点睛,使作品文采飞扬,诗意盎然,别有韵味。

　　诗仙李白诗中的浪漫情怀都是以数学的形式表现出来，"飞流直下三千尺，疑是银河落九天。"描绘出庐山瀑布雄伟壮丽的景色；"白发三千丈，缘愁似个长 。"抒发诗人的忧国忧民之情；"天生我才必有用，千金散尽还复来，烹羊宰牛且为乐，会须一饮三百杯……五花马，千金裘，呼儿将出换美酒。与尔同销万古愁！"何等的浪漫，何等的夸张，表现出诗人对美好人生的向往。

　　诗圣杜甫诗中数学与诗结合成趣的例子举不胜举。"两个黄鹂鸣翠柳，一行白鹭上青天。窗含西岭千秋雪，门泊东吴万里船。"成为千古一绝，如诗如画，妙不可言。

　　岳飞的《满江红》中"三十功名尘与土，八千里路云和月。"壮怀激烈，精忠报国之举，让世人千古传颂。

　　诗人辛弃疾的《西江月》中"七八个星天外，两三点雨山前。"一句，用数学美来衬托自然景色之美。

　　还有诗人苏轼的诗"横看成岭侧成峰，远近高低各不同 。不识庐山真面目，只缘身在此山中。"更是用三维空间的思维来表现诗的哲理性。因此，在欣赏诗词美的同时，也能体会到数学美的内涵与外延。

　　数学家哈代认为：数学家的活动与艺术家的活动很多是共同的、相像的。他说："画家进行色彩与形态的组合，音乐家把音阶组合起来，诗人组词，数学家是把一定类型的概念组合起来。"因此，无论是艺术家还是数学家，他们做的工作都是组合，只是组合对象不同。

　　数学家庞加莱指出："把外部世界置诸脑后的纯数学家就好比是懂得如何把色彩与形态和谐地结合起来但没有模特儿的画家，他的创造力很快就会枯竭。"

　　诗词中的"对仗"能使意境更加优美，抒情更加感人，哲理更加深邃。数学中的"对偶"使得数学理论变得更加深刻，更加优美。在数学的各个分支都有对偶理论。"对偶"不只是数学的结构和框架，而且是一种思维方式，也是重要的证明工具和技巧。数学中的"对偶"与诗词中的"对仗"是异曲同工。

　　任何科学和艺术的创作都需要直觉和想象力，但数学和诗歌更为突出。

例如，李贺《梦天》中的诗句"遥望齐州九点烟，一泓海水杯中泻"和李白《望庐山瀑布》中的诗句"飞流直下三千尺，疑是银河落九天"就极富直觉和想象。这种直觉和想象是源于诗人的形象思维。

数学史家克莱因说："数学也是一门需要创造性的学科。在预测能被证明的内容时，和构思证明的方法时一样，数学家们利用高度的直觉和想象。"这和诗歌创作时构思意境和遣词造句非常类似。

数学家魏尔斯特拉斯说："一个数学家，如果没有一点诗人的气质，不会是一个完满的数学家。"一个数学家不一定要会写诗，但是气质上要像诗人，即要有丰富的直觉和想象力，这样才能做好数学研究。

诗人有了激情才能把自己的感悟加深和放大，把内心情感宣泄出来，作品才能打动人和感染人。对数学研究来说，激情来自探求未知真理的好奇和对美的追求。

最后我要说的是，数学家和诗人都需要灵感。什么是灵感？灵感也叫顿悟，它是一种近乎无意识或潜意识的非逻辑式的创造性思维活动。灵感是对某一问题长期思考以后突然产生的思想火花，有时产生于全神贯注思考问题之际，有时却是在不经意间或意识蒙眬之中。

诚然，任何事业的征程都不会是一帆风顺的。人生的追求犹如数学中的射线，只有起点没有终点，奋斗不止目标不断。人生的历程犹如正弦函数的曲线，高低错落曲折向前。胸中荣辱不惊应对波澜不断，人生的交际犹如数学中的1+2，既是无解猜想也是孩童运算，既可复杂也能简单。人生的轨迹犹如扇形和弧线，一片片美好的回忆一段段封存的流年，只有连接在一起人生才能圆满。

真做学问的人稳重低调

晚清国学大师王国维在其不朽之作《人间词话》中，曾用形象的比喻提出了治学的三种境界或说是三个过程。古今之成大事业、大学问者，罔不经过三种之境界："昨夜西风凋碧树。独上高楼，望尽天涯路。"此第一境界也。"衣带渐宽终不悔，为伊消得人憔悴。"此第二境界也。"众里寻他千百度，蓦然回首，那人却在灯火阑珊处。"此第三境界也。

概括起来，用通俗的话讲，这三种境界就是：立下大志，不懈努力，终获成功。而关键在于第二境界，这不纯粹是意志的磨炼，还是一种人生的考验。引用路遥的一句话，"只有初恋般的热情和宗教般的意志，人才可能成就某种事业。"

为此，我认为做学问要有当和尚那样坐冷板凳的精神，做真学问的人一定要稳重低调。

我们不妨看看那些学术大家，一个个都是那样谦虚谨慎，稳重低调。被誉为当代活着的爱因斯坦、科学泰斗杨振宁，世界级数学大师丘成桐，著名数学家苏步青、华罗庚、陈景润等，都是以震惊世界的学术成就，推动人类进步的科学贡献。

著名数学家杨乐说，陈景润就是中科院"安、钻、迷"的一个典型，而做科研工作确实要安要钻要迷，最后就是非常迷恋，有点如痴如醉的，这样子才能够做好。我觉得最重要的一点就是他百折不挠，是真正的百折不挠，无论遇到多大的挫折，他没有一次说灰心了，不干了，不做这个事情了，他

一直奔着这个目标，一直前进。

现在中青年学者中不乏稳重低调、砥砺奋进的，湖北省人民政府副省长、原华中科技大学党委书记邵新宇就是一个典型。他学识渊博、谦虚谨慎、埋头专业、成果累累，在担任学校行政和党务工作后，忍痛割爱，将精力转移到工作上去。他干一行爱一行，在新的岗位上兢兢业业，全身心投入，所以他政绩突出，获得师生好评。他不仅具有极强的英语阅读能力，而且口语流利。新华社专访中长达一个多小时的全程英语演讲令人钦佩，更使人敬重的是，他是那样的从容淡定。

尤其是，他始终稳重低调，在领导岗位上无论是讲话还是作报告，从不炫耀自己的学术成果，他是货真价实的中国工程院院士，也是一级教授，可谓真正的顶级教授，但他从不吹嘘自己。

生得漂亮帅气，别人夸，自己从来不夸，这叫气质；满腹经纶，学富五车，别人崇拜，自己从来不去炫耀，这叫涵养；不仅有财而且有才，别人羡慕，自己从来不觉得，这叫低调；身居高职，地位显赫，别人敬畏，自己却不认为自己高贵，这叫谦逊。这就是邵新宇的真实写照。

低调就是不张扬，不炫耀，无论自己事业有多么辉煌，无论成就有多么伟大，无论学问有多么渊博，总认为自己不过很平凡。低调并不是没有高调的资本，而是有了这个资本，却更懂得拥有一颗平常的心，知道任何时候都要去隐忍。

低调的人，一定是个谦逊的人。他们懂得"谦受益，满招损"，所以他们不会去炫耀那些光环。这样的人，不显山，不露水，而内心却有着海洋一样宽广博大的胸襟，静水深流，含而不露。

低调的人，一定是个平和宁静的人。淡泊以明志，宁静而致远，一个懂得宁静致远的人，一定是个智慧的人。

许多公众人物或成功人士一般都具有低调和谦卑的性格特质，他们不恃才放旷，不居功自傲，对自身的情绪都有良好的控制，这是因为他们都经过许多事，见过许多人，拥有十分丰富的人生阅历。他们懂得壁立千仞，无欲则刚；海纳百川，有容则大。

低调做人，你会一次比一次稳健。低调的人，懂得收敛起自己的锋芒，更懂得天外有天，人上有人。

做真学问的人稳重低调，就会一次比一次成功，也就会一次比一次优秀。有水平的人，会对人生做出最有利的选择！

俗话说，满罐不荡半罐荡。反观有的人嘴尖皮厚腹中空，漂浮轻狂，沽名钓誉，欺世盗名，招摇撞骗，蒙哄社会，实在可悲！

学历与能力

最近，关于学历与能力的争论又热闹起来。到底是学历重要还是能力重要，这个问题一直争论不休。

以我之见，学历不等于能力，两者都很重要。学历，说白了就是现行教育体制下的产物，是衡量所学知识的一种标志。学历证书对每个人来说肯定很重要，尤其是现在社会正需要高学历人才，明确写明对学历的要求，简单来说学历就是"敲门砖"。有的人可能会认为能力比文凭更重要，但是在你还没有足够精彩的职业履历之前，又从何能看出你的能力如何，这时学历就是证明你自己的重要资料，也是很多单位招聘员工比较看重的一点。现在即使再差的单位起码也要本科学历，好一点的单位要求是硕士研究生毕业文凭，高校和科研院所都必须是博士研究生毕业文凭。

高学历就是有能力的代名词，十年寒窗苦，更何况读到博士至少也要22年，读书是一门苦差事，能把书读出名堂不容易，这就是为什么只有很少的人能获得高学历的原因。大多数人吃不下那个苦，早早就放弃了学习。其实，通过高考这个独木桥进入知名高校，或在众多参加考研的优秀大学生中脱颖而出，考取研究生，这本身就是一种能力的体现！再来看看各行各业领军人物、权威专家，基本上都是接受了系统的高等教育，其中绝大多数都是高学历人才。所以，高学历人群手上的一纸文凭就代表着他的能力，也让他更具就业竞争力。

高学历人群学习能力强，进步迅速。很少会有人怀疑高学历人群的学习能力，若他们工作能力不行，多数是因为经验不足。一旦他们适应了自己的岗位，工作很容易上手，而且后期进步快。简单地说在同一个单位，同时入职的员工，学历越高，起点越高，进入重要岗位和晋级的可能性就越大。也可以说，学历高者的起跑线就是学历低者的天花板。从某种意义上来讲，学历是决定一切的，也是改变人生命运的。

学历是"敲门砖"，很多单位招聘的时候首先要看学历。越是大型的企业和越高的职位学历越重要。高校和科研院所不用说，就连大型国企招聘时对本科生不感冒也要硕士甚至是博士，据我所知的一家高科技央企本科毕业起薪是4000，硕士毕业起薪是6500，博士毕业起薪12000。当然，都必须是985名校毕业。

现在就连公务员也要本科学历，高中教师早有规定必须是本科以上，初中教师必须是本科，小学教师必须是专科，三甲医院医生要求必须是博士。再看看金融系统现在都是本科以上，就连城管都要本科。由此观之，学历低者还能做什么？也许只能是在工厂做工，餐饮业……

总之，学历是一个人过去的证明，学历可以体现一个人的基本状况，处于哪个层次，学历可以体现一个人的人脉圈子，学历某种程度上也体现了一个人的专业水平。我觉得学历最大的好处，就是给予一个人心理上的最大自信。我深有体会的是，当我取得名校全日制埋学博士学位时特别自信，昂首挺胸，高歌猛进。

在此，我要特别说明的是上述所言必须是正规学历。某些总裁班证书、所谓研究生班、博士生课程班证书都不是国家承认的学历。至于工农兵学员的证书按教育部文件早就定为专科学历，根本就不属于高学历范畴。

诚然，学历高者有的能力确实不强。其原因主要是在校学习不够认真，知识不扎实，不注意联系实际，不懂得学以致用。走出校门也代表结束了其学习生涯，捧着高学历终日混饭吃。这类人就算有一时的光鲜，也经不起时间的考验，很有可能到最后连生存都成问题。对于这些人，教训就是：别以为有了高学历就万事大吉，能力的培养，经验的积累才是成功者一生的事业。但是我们也要注意到，绝不能以偏概全。

在社会上不乏看到，能力强者也有学历不高的。有一种人天生聪颖，资质很高，所谓无师而自通者，他们可以不受这种体制的约束，像华罗庚、蔡祖全，但这类人屈指可数。必须清楚的是，华罗庚也是到美国名校深造后，才功成名就的；蔡祖全也是在复旦大学深造后，才得到学界认可的。

或许有人会说，比尔·盖茨辍学而威震天下。31岁成为世界首富，曾连续多年登上福布斯全球富豪榜榜首。殊不知，18岁的盖茨考进了哈佛大学，他天赋极好。你有他这样的智商吗？你有他这样辉煌的起跑线吗？何况他后来又考研读博才成就大业。

还有一部分人，他们是学历与能力问题的最大牺牲者。通常他们在某一方面有一技之长，但这种能力来源于自己对某一领域的兴趣和爱好；同时，因为种种原因，学历成了他们求职中的劣势。他们往往与高学历者干的是同样的活儿，收入却不如后者，很自然地出现了心态的不平衡，开始怨天尤人，责怪这个世界的不公正，教育体制的不切实际，讥笑拥有高学历者的种种无能。殊不知，这个世界上没有绝对的公正。学历不够，就要在求职过程中甚至今后的人生之路上，比别人付出更多的辛苦，克服更多的困难。面对这种局面，他们可以再加强能力的历练，光优秀是远远不够的，必须要卓越，做到让专业领域内的所有人都能认可和钦佩；也可以退一步，回头考虑再去取得一个高学历。我不妨告诉你，有的大学教授因为历史的原因而仅有老本科学历和学士学位，后来也要去攻读博士学位，否则别人不认可你呀！

社会上很多人认为学历很重要，所以在这方面花了很多功夫，我觉得对于学历的执着，是非常让人理解的，没有任何异议。但社会上，同时也有一片声音，说能力比学历更重要。一个优质的企业，两个人差不多的学历，更看重的是他们的能力，而选择能力最优的，而非学历最优的，确实是企业利益最大化的选择。

对学历要求不高，能力要求高的岗位，能者优先。一般情况下，招聘的职位和求职者都会存在匹配度，这个匹配度就体现在每个公司进行人员的招聘时展示的明确招聘计划和目标要求，包括招聘的人数、专业要求、学历要求、能力要求和经验要求等。简历投递后，匹配度高的候选人进入企业 HR 的法眼。例如企业招聘的学历要求很低，只需要高中学历的，只要具备一定能力的，那么相对来说薪资不高，对于要求高的硕士生和博士生就不适合了，哪怕能力一般的，就算有意愿招过来也会很快流失的。在这种情况下，还不如挑选跟岗位学历匹配度高的，能力匹配度高的更吃香。

尤其对于很多公司销售的岗位来说，除了个别特殊行业例如测评产品、互联网产品等对专业知识技能有过高要求的之外，一般能力要求更多集中在沟通、待人处事，快速成单等方面，那么，没有太高学历、能放开面子、善于沟通交流的高能力者会更受企业青睐。

对技能岗位来说，学历高更适合。当然，不是所有的岗位都要求学历低的，例如技能岗位、企业高管，都会在专业知识领域和用人策略方面有更高要求的，这类型的岗位，站在企业角度上看学历和能力都拔尖的更适合。学历高、能力却一般的，如果不是特别的情况下，一般不会考虑的。当然，如果这个人通过考核，认为还是具备一定的发展潜力的话呢，用人单位亦会根据不同岗位的特点和实际需求，对该员工进行针对性的调整和培养，以达到部门发展的用人需求。

无论是哪种情况，在职场中的我们都要去做有针对性的强化，例如学历低的尽可能适当进修，学历高的就需要在为人处世方面以及实际问题操作上加以强化和调整，才会更适合职场发展的需求，达到新的职场高度。

当然，能力也并非比学历更重要。有能力而没学历，也许会对一个人长远的职业发展有一定的障碍，学历是很必要的，当然重要。一个有学历的人，他自己的心里相对自信，给人的感觉有优越感，更有自信心，也更有底气。当然，我这里说的都是真学历，而非假学历，假学历是自欺欺人之举，除了充一下场，对个人没有真正的好处。既然学历已是求职中的一道坎，作为求职者最重要的是应该端正自己的人生态度，想办法跨过面前的坎。

当你踏进了工作的门之后，看的就是你的能力了。这个时候，没人关心你是什么毕业，只有人关心你的业绩。能力则是持续起作用的关键因素，而学历是块"敲门砖"，必不可少。

　　总之，学历不等于能力，学历和能力关系密切都很重要；但是从根本上来说，学历比能力更为重要。只有高学历，才能一步一步朝着自己的目标迈进。只要有机遇，他们便能纵横驰骋，意气风发。

什么是幸福

　　幸福是当下热词。俗话说，缺什么补什么。在物质极大丰富的今天，当下人为什么还会经常缺乏幸福感呢？下面我想谈谈对幸福如何定义，同时也谈一下自己的切身感受。

　　当今人们过于从外在方面去寻求幸福，把金钱、财富、物质的东西、外在的成功看得太重，大家一窝蜂都在追求这些东西。很多人为了追求外在的东西把生命和精神状态弄得不好了，混乱了，这就是因小失大，很划不来，结果一定不幸福。现在的情况就是这样，大家活得很忙很累，但并不幸福，毛病就出在价值观上。

　　我认为幸福就在于生命的单纯和精神的丰富。这两条是最重要的，没有这两条，物质的东西再多也不会真正幸福，有了这两条，物质的东西少一点也是幸福的。

　　从主观上说，生命的单纯和精神的丰富是好的品质，具备这两种品质，也就具备了幸福的能力。

　　从客观上说，则是好的状态，如果你两者的状态是好的，那么从客观上评价你就是幸福的。

　　年轻时，在生活上向低标准看齐，学习上向高标准看齐。缺衣少食从不在意，两耳不闻窗外事，一心只读圣贤书。

　　人到中年，"金钱如粪土，学术价更高。"从不想升官发财，下海经商。在学术殿堂，勇往直前，奋斗不止。

到了晚年，初心不改，学贯中西，腹有诗书气自华。远离灯红酒绿、纸醉金迷，吟诗唱戏，优哉游哉。

人生如茶，亲品者，细细品尝余甘无穷，但若是勉强为之，只会记得入口时的苦涩。做任何事情都是如此，"自讨苦吃"的人往往会觉得甘之若饴，而被动受苦的人只会觉得人生无望。

孟子言："天将降大任于斯人也，必先苦其心志，劳其筋骨，饿其体肤。"

想要做出一番成就，必先承受苦难，学习、读书虽苦，却是走向成功的最快捷径。读进我们脑袋中的书，是人生路上的重要指标，想走向哪里，书自会告诉我们答案。人这一生，有两样东西别人无法抢走，一是心中的梦想，二是大脑中的书。

读书学习是我们每个人一生的修行，也是通向广阔世界最好的路。

要知道，方向永远重于我们的努力，好的战略规划胜过于我们无数次战术上的勤奋。在任何时代，思考是必然的，思考的深度，能够决定我们最终能达到的高度。

正所谓"吃得苦中苦，方为人上人"，因此，不想在这个浮躁的世界中逐渐沉沦，就要学会主动去吃苦，当你熬过了所有的苦，所有的美好都会纷至而来！你的生活就会丰富多彩，你的精神世界就会感到无比幸福。

没有文化底蕴很难写出古诗词

　　没有一定文化底蕴的人是很难写出古诗词的，因为诗词是古代文人精神文化的结晶。格律考究，用典极其丰富，尤其是宋人，用句用字必有出处，他们都是博览群书，都了解掌握专业知识和典故史实等学问，所以要有一定文化底蕴的人才能读懂它，进而喜欢它。

　　诗词作为一种文学体裁，特殊的文化载体，写诗词必须是真情实感，对诗词必须有强烈的感情。所以读一个人的诗，就是读他的心、他的思想。

　　诗情画意是它的魅力所在。只有思维发达，情感丰富的人，才能从中找到精神契合点，所以才喜欢。如王维的诗，就是诗中有画画中有诗。

　　爱好诗词的人都有理想主义、浪漫情怀，写诗词的人都会把这种情怀倾注在他们的诗词里。只有有理想，内心浪漫的人，才能从中享受到，才会喜欢。

　　诗言志。喜欢诗词的人多少是有些文学素养和追求的有志之士，写诗词可直抒胸臆。古代文人之所以喜欢写诗、填词，是因为都是生不得志，借诗词创作发泄内心积怨，和对现实的感悟。才高八斗的南北朝时期诗人谢灵运，是我国古代著名的山水诗作家。他的诗，大都描写会稽、永嘉、庐山等地的山水名胜，他善于刻画自然景物，开创了文学史上的山水诗一派。他写的诗艺术性很强，尤其注意形式美，很受文人雅士的喜爱。诗篇一传出来，人们就竞相抄录，流传很广。

　　谢灵运为人轻狂，恃才傲物，曾于饮酒时自叹道："天下才共一石，曹子建独得八斗，我得一斗，自古及今共用一斗。"意味着天下人的才华都不在他

眼里，只有曹植文才卓越，可使他由衷折服。

喜欢文学的人，在骨子里也透出安静甚至孤僻的气息，如出淤泥而不染，遗世而独立，不食人间烟火。

再说格律诗（近体诗）当时是宫廷诗人在南朝永明体的基础上，总结出来的一种符合平仄格律的诗体。这种诗体与前朝最大的区别，就是遵守平仄格律。当时为了和以前的诗相区别，称之为今体诗。格律诗迅速得到大部分诗人的认同，与不遵守格律的古体诗齐头并进，成为盛唐时期的两大扛鼎派别之一。

进入宋朝后，文人们开始大规模整理唐诗，就改称为近体诗。近体格律诗的规则，只是一个划分标准而已。遵守规则就是近体诗，不遵守规则就是古体诗，与诗意的好坏并没有关系。

如今写诗的人越来越多，连老年大学也办起了诗词班。他们喜欢写诗，写出来的都是人们常说的"老干体"。不过就是缺乏文采，只能干号。老干体是个新词汇，是传统诗词创作发展过程中特定时期的特殊文化现象。这类诗词套话连篇，毫无生气，不仅地方小报有，一些专业诗词刊物也有。网络诗词也不乏正宗的老干体，俨然成为当今诗词创作的一大流派。

其实，老干体作为一种新兴诗体，最近几年已经没有原来那么热火朝天了，毕竟这个名词已经带有贬义。在网上虽然也有，但是因为网络是一个开放的、双向的、多元的世界，老干体在网络上只要露头，就难免不被嘲讽一番，虽然很多人写诗可能不行，但是他有他的鉴赏力。作为在生活中有排面、家庭中有地位、单位上有影响的老干体的创作者，谁能受得了网络上这么一下呢？

所以在新媒体上发老干体诗文的人，数量还是相对要少一些。如果还有，那就是喷都喷不怕的思想顽固分子了。他们不需要也不会接受别人的意见，一意孤行还当自己是英雄。

真正有头脑的、热爱诗歌的人，即便是囿于几十年的生活，在网络这个大染缸里见识到了真正的诗词天地，大部分都会收起骄傲从头学起。而一旦真正接触到诗词理论，接触到诗词的文艺性，他们就会收拾自己的心情，放开原来的格局，进入诗词创作从而有突破、有飞跃。

位置的变化，特别是退休之后，有可能会让他们重新思考，更注重诗词本身的内涵，尽量打散自身老干体格局写出好诗来。王安石不就是这样吗？王安石年轻时的诗"诗词末技尔"都是为政治打底的，但是他退休之后的"半山体"就是北宋诗坛的最高峰。

我们说老干体是新兴诗体，其实也不确切。中华千年官场，哪个文人不能写两首诗呢？哪个退养的官员没有写过歌功颂德的应制诗呢？忧国忧民的杜甫，端午节时领了一件新衣服，他都要写一首诗歌颂一下（《端午日赐衣》）。

所以老干体从本源上来讲，并不是新鲜玩意，李白、杜甫、王维、欧阳修、苏轼、辛弃疾这些响当当，头上放射光芒万丈的大诗人谁又没有老过？谁又没有写过？

但是为什么说这个定义，老干体是新兴诗体？而古代那些诗人写的不算。因为他们有文采，他们的作品有文艺性，有内容，有情感。中国传统官场上的大官，不论怎么讲他都是文采过关的。他们即便要歌功颂德，也会七转八拐，不会因为阿谀奉承而显得无耻。

写老干体的朋友啊！有很多确实是出于一种情怀、感情，看到哪里又出现什么社会热点，"咱们就是好！"出于一种不可以抑制的感情把它形成文字，这个是没问题的。关心社会、反映社会其实是诗词正道，关键就是在文化脱节、文化素养不足以构成的一首带有文艺性质的诗歌作品。诗是文艺作品，它有一个文艺特性在里面。

没有文化的，或者说文化素质相对较差的老干在情感来的时候如何抒发呢？他又想用古诗词的方式来抒发，但是他又没有学过这些东西，又缺乏一种文艺美感的这种长期浸润而得出来的质感，或者说气质。所以他只能宽泛地认为四句七言、八句七言，那就是古诗词，于是就用这个格式写，写出来只要喊。因为喊出来的节奏也是有节奏的，虽然是一种很冲动的节奏，当然也正好适合他们这种满心的热情。

因此通过这些作品表达出来的，如果学过诗词规则，就要知道有内容、有定义、有起承转合，而对他们这辈人来说这一切都没有。只要写成四句（等

长），就是古诗词，就要拼了命地写出自己的情感。但是这种情感是无法让人共情的。

写东西、写诗词，它是一个文艺作品，同时也是一个韵文，也是一篇文章，要具有说服力，老干体最缺乏的就是文艺美感和理论说服力，既不能服人又不唯美。

齐梁体再怎么讲，它还是唯美，虽然它没有道理，但是它在当时社会环境下的滋生是有原因的。随着整个社会文化层次的提高，老干体这个怪胎除了在一些无法避免的场合之外应该就会消失。

数学和古典诗词的意境

数字嵌入诗词，早已有之。郑板桥有《咏雪》诗：

> 一片两片三四片，五六七八九十片；
>
> 千片万片无数片，飞入梅花都不见。

诗句抒发了诗人对漫天雪舞的感受。不过，诗中尽管嵌入了数字，却实在和数学没有什么关系。数学和古典人文的连接，贵在意境。

在数学分析课堂上，老师先在黑板上写了李白的名诗：

> 故人西辞黄鹤楼，烟花三月下扬州。
>
> 孤帆远影碧空尽，唯见长江天际流。

然后问同学们哪一句可以和极限概念相通？大家的共同回答是'孤帆远影碧空尽'。这说明，数学和诗词是可以沟通的。

无限，乃是数学家和人文学者都要面对的问题。彼此解决的途径可以不同，但是思考时的意境必然会有相似之处。似乎看到了数学和人文意境互相沟通的隧道。

有关无限的诗句，首先想到的是陈子昂的《登幽州台歌》：

> 前不见古人，后不见来者；
>
> 念天地之悠悠，独怆然而涕下。

一般的语文解释说：前两句俯仰古今，写出时间绵长；第三句登楼眺望，写出空间辽阔。在广阔无垠的背景中，第四句描绘了诗人孤单寂寞悲哀苦闷的情绪，两相映照，分外动人。然而，从数学上看来，这是一首阐发时间和空间感知的佳句。前两句表示时间可以看成是一条直线（一维空间）。陈老先生以自己为原点，前不见古人指时间可以延伸到负无穷大，后不见来者则意味着未来的时间是正无穷大。后两句则描写三维的现实空间：天是平面，地是平面，悠悠地张成三维的立体几何环境。全诗将时间和空间放在一起思考，感到自然之伟大，产生了敬畏之心，以至怆然涕下。这样的意境，数学家和文学家可以共有。尤其是，把时间和空间放在一起思考，可以说也在意境上与爱因斯坦的四维时空学说相衔接。把这一想法和语文学者交谈，他们也觉得很有意思。但是，在应试教育盛行的标准化考试面前，这无论如何不能算标准答案，无法进入语文研究的视野。

无限有两种：其一为没完没了的"潜无限"，其二是"将无限一览无余"的"实无限"。有一次，一个朋友来家闲坐，问起"0.9999……=1"对不对。他随口说数列的无限就像长江流水滚滚来。这促使我想起杜甫的名诗《登高》中的两句：

无边落木萧萧下，不尽长江滚滚来。

前句指的是"实无限"，即实实在在全部完成了的无限过程、已经被我们掌握了的无限。"无边落木"就是指"所有的落木"，这个实无限集合，已被我们一览无余。后句则是所谓潜无限，它没完没了，不断地"滚滚"而来。尽管到现在为止，还是有限的，却永远不会停止。数学的无限显示出"冰冷的美丽"，杜甫诗句中的"无限"则体现出悲壮的人文情怀，但是在意境上，彼此是沟通的。

我的第二波思考是将数学思想方法和古诗意境连接起来。有一年，我在庐山参加一个会议，一位朋友喜欢到古玩街闲逛，收来一把茶壶，上面有诗句：

松下问童子，言师采药去。

只在此山中，云深不知处。

品玩之余，我们突然感觉到这首小诗在人文意境上和数学存在性定理彼此相通。文学家欣赏"云深不知处"的苍茫意境，而数学家则会关注难以名状的一种不确定性。隐者在哪里？"云深不知处"。但是他确实就在此山中。与数学的意境何等契合！

数学上常用反证法。你要驳倒一个论点，你只要将此论点"假定"为正确，然后据此推出明显错误的结论，就可以推翻原论点。苏轼的一首《琴诗》就是这样做的：

若言琴上有琴声，放在匣中何不鸣？
若言声在指头上，何不于君指上听？

意思是，如果"琴上有琴声"是正确的，那么放在匣中应该"鸣"。现在既然不鸣，那么原来的假设"琴上有琴声"就是错的。由此可见，人文的论辩和数学的证明，都需要遵循逻辑规则。

最近，我开始第三波的数学意境研究，将数学问题求解的过程，用古诗意境加以比喻。这里也有一些例子。

首先是关于黎曼积分和勒贝格积分。苏轼《题西林壁》诗云：

横看成岭侧成峰，远近高低各不同。
不识庐山真面目，只缘身在此山中。

将前两句比喻黎曼积分和勒贝格积分的关系，相当有趣。苏轼诗意是：同是一座庐山，横看和侧看各不相同。勒贝格则说，比如数一堆叠好了的硬币，你可以一叠叠地竖着数，也可以一层层横着数，同是这些硬币，计算的思想方法却差异很大。横看和侧看，数学意境和人文意境竟可以相隔时空得到共鸣，发人深思。

最后一个实例是局部和整体。仔细琢磨一下微积分的核心思想之一，在于考察一点的局部。研究曲线上一点的切线，只考虑该点本身不行，必须考

察该点周围的一些点，这就是局部的思想。一点的局部，只是考察该点的"附近"，却没有远近的确切要求。这种小大由之的概念，颇有一些哲学意味，它需要从意境上加以把握。为什么考察一个人，要问他/她的身世、家庭、社会关系？也是因为人是以局部而存在的。孤立地考察一个人是不行的。微积分学就是突破了初等数学"就事论事"、孤立地考察一点、不及周围的静态思考，转而用动态地考察"局部"的思考方法，终于创造了科学的黄金时代。可是，现在的微积分教材，对此只字不提，颇觉遗憾。

考察局部，何止于微积分？最近读到韩愈的诗句：

天街小雨润如酥，草色遥看近却无。

突然想到，诗的第二句当是阐述拓扑学上局部和整体的一种文学意境描写。就曲面来说，远看可以有整体的区分，例如球面和环面。但是，近看却都差不多，都是一个"圆片"：二维的欧氏平面的局部。这正如整体的草色只能"遥看"，一旦近了，到局部状态，那种"草色"就"近看无"了。

数学和人文意境的沟通，还会有许多其他的例子。比如《道德经》说"道生一、一生二、二生三、三生万物"，就和皮亚诺的自然数公理庶几相近。

为人诚信做事靠谱

对个人而言，诚信是一种美德，内诚于心，外诚于人，诚实守信是中华民族的传统美德。诚实守信是一个人立足社会的基础，也是一个人应有的基本道德品质。只有凭借诚信正直，才能拥有晋升、发展的机会，才能获得永久的成功。

诚信比金钱更重要，生活在社会之中，每个人都希望在工作中体现出自己的一份个人价值，这就需要别人的配合和信任。没有别人的合作，一个人很难进行正常的生活、工作；而没有别人的信任，就无法进行有效的合作，更谈不上卓越的成就了。

"人而无信，不知其可"，诚信是立身处世之术，靠谱之人，首先是个守时的人，只要是约定好的时间，一定会准时或者提前到达，这是对他人最起码的尊重。如果总是迟到，既浪费了别人的时间，也消耗了自己的诚信度，就会被人列为"不靠谱"的黑名单。

靠谱的人，谨言慎行，说到一定做到，不会信口开河，随便答应别人。只要答应了，就一定会兑现承诺，这不仅仅是对得起别人，也是对自己人格负责的表现。

为人低调，不吹嘘。靠谱的人，老老实实为人，踏踏实实做事，处世低调，他们靠自己的勤奋努力获取事业上的成功，却从不在人前炫耀。而不靠谱的人，往往喜欢张扬，自吹自擂，给人的第一印象是无所不能，但交往日久之后，就会发现他除了一张嘴皮子外，什么事也干不了，言语和行为严重不相符，

南 湖 夜 话

最后被人鄙视抛弃。

最后还有一点就是，靠谱之人，首先不会是一个喜欢占小便宜的人，不会是斤斤计较，自私自利的人。

回首我这辈子，虽然没有干出惊天动地的事业，但恢复高考后，学业的成就和事业上的成功，尤其是我为人诚信，做事靠谱，深感欣慰。

诚信是一个人是否靠谱的重要考量因素。一个靠谱的人，往往都珍惜自己的信用。言必信，行必果，作出了什么样的承诺，就一定会如约完成。而不是开始的时候各种许诺，等到兑现的时候却各种推脱，甚至矢口否认。这样的人我见得多，酒桌上满口许愿，感人肺腑，日后九霄云外，从不兑现。

一个人如果连基本的诚信都没有，那么和他们在一起我们很大可能会吃亏上当。他们最擅长的就是以情感打动你，为自己换取各种利益。但你的付出往往得不到同等的回报，甚至可能遭到他们的恩将仇报。所以考量一个人的时候，无论大事还是小事，只要有不讲信用的陋习，就一定要在心理给他们打上不靠谱的标签，交往的时候更要小心翼翼。

总之，为人诚信，做事靠谱，是一个人的基本道德。一个真正讲诚信且靠谱的人，会做到以下几个方面：

不轻易许诺，许诺后一定要做到。言行一致是讲诚信的人显著的特点。一旦答应别人的事情，尽力要去完成。对于超越自己能力范围的事情，也会有礼貌地拒绝，不会随便答应。

不打妄语，不说无边际的话。诚信的人都比较实在，做实事，说实话是一个显著特点。在和身边的人沟通的时候也不打妄语，不说无边无际的话，不做不靠谱的事。

光明磊落，不暗箭伤人。诚信的人做人坦坦荡荡，光明磊落，做事不掖不藏。有事摆到桌面上，从不暗箭伤人，更不会口是心非，当面一套，背后一套，做表面文章。

不说感动的话，要做感人的事。一个真正讲诚信的人，往往会用自己的实际行动说明一切，而不是只说不做。注重知行合一，言行一致，说到做到。行动永远比语言更有说服力，判断一个人怎么样，不要只听口说，还要看如何做。

信用就是财富。诚信是一个人一辈子的财富，是无价之宝，是用钱买不来的一种好品质。拥有诚信，想办成一件事很容易，失去诚信，寸步难行。无论是做人或做事都要讲究诚信，一旦失去诚信，再想重新建立很难。

一个人只有为人诚信，做事靠谱，才能受人尊重！否则，别人即使口里不说，内心也是根本就瞧不起你的。

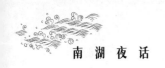

知识分子的尊严

"知识分子是先进生产力的开拓者"这一科学论断，深刻揭示了我国知识分子在发展先进生产力中的特殊地位和作用。当今世界，知识分子是知识生产力的创新者、传播者和开发应用者，是推进社会发展进入知识经济时代的开拓者。

我们今天的社会之所以有了丰富的物质基础和高度的文明水平，就是因为有无数的专家、教授以及与他们相类似的精英人才，在前进的道路上引领方向、出谋划策、提供知识和技术支撑。

专家、教授，是身份的象征，是一种荣耀，历来都是令人尊敬的称谓。"专家"和"教授"是两个不同的概念，但通常情况下，人们都喜欢将这两者放在一起说，称之为"专家教授"，因为不论是专家还是教授，在人们心目中他们都是高级知识分子的标示，代表着社会的一个精英阶层。

尤其是在当今社会，教授必须具有全日制博士研究生的学历学位，具有深厚的基础理论和专业知识，掌握国内外的最新动态和最前沿的学术成果，善于吸收最新教育教学研究成果并应用于教育教学实践。

专家是指在某一领域具有精湛的专业技术能力，专家不一定是教授。因为有些"土专家"，虽然他们的学历、职业和岗位不那么耀眼，但也是某一行业的"王者"。

专家教授和所有知识分子都要守护自己的尊严，意味着你一定要进行独立思考。知识分子在本质上不是一个职业性的阶层，而是一个精神性的群体。

知识分子借助知识和精神的力量，对社会表现出强烈的关怀。知识分子本着自己的道德良知和学术良知，怀揣着心中不灭的理想和信念，独立思考，对社会发声，对面临的各种大大小小的问题——无论是文化思想、科学技术，还是社会政治方面的——提出思路和解决方案。

说到独立思考，它首先来自独立的精神，体现在用自己的理性去判断，而不是人云亦云，人行亦行。知识分子的独立精神要求我们不是一味地抱怨这个社会或者是身边的环境。我常说每一个个体都是构成这个环境的一分子，对于所有的他人来讲，你就是这个环境的一部分。所以这个社会的好坏有赖于我们每一个人的行动，只有大家都保持独立的人格，用独立自由的理性精神进行思考，那么社会环境才能够不断地进步。相反，如果你对权势进行依附，对财富过度迷恋，对意识形态过度偏执，都会丧失知识分子的独立人格和自由思想。这样社会的发展就会丧失方向，就会失范。

因此我们说知识分子能不能保持独立的人格，追求学术和艺术独立的价值，守护自由理性的精神，维系着一个民族，一个国家的兴衰和存亡。所以只有坚持知识分子的独立人格，我们才能够真正来赢得我们应有的尊严。

要守护知识分子的尊严，还要各位有道德的自律和道德的勇气。知识分子有两种存在，一种是作为知性的存在，另外一个更重要的是作为德性的存在。知识分子是一个知识人，当然首先是作为一个知性的存在，但更重要的是德性的存在，对这个社会的影响会更大。道德从来就不仅仅是话语，而更是一种实践伦理；它不是高谈阔论的对象，而是一种坚持正义的勇气。鲁迅先生曾经说过，真正的知识阶级是不顾利害的，如果想到种种利害，那么他就是那种假冒的知识阶级。我认为鲁迅所说的不顾利害就是勇于坚守公平和正义的立场，而不为利益或者权势所左右，这才是作为一名真正知识分子应该有的品格，也是他们应该被称为社会的良心的理由。因此，道德的自律和勇气就成为知识分子的又一个鲜明的品质。

中国知识分子的尊严要恪守学术道德规范，教授学者要始终严格遵守学术道德。创新难，原创更难，难于上青天。究其原因，主要在于学者缺乏对"真问题"的发现能力和凝练能力。创新的本质，是通过新的思路、新的途径、

新的范式攻克悬而未决的科技难题为人类社会发展赋能，而找到真问题是作出创新的必要条件。

尤其是，从事基础理论和前沿科学的学者教授在这方面做得非常出色。他们除了超人的智慧和勤奋的钻研精神，更是学术道德的楷模。当今世界最杰出的物理学家、人类科学泰斗杨振宁先生为我们做出了光辉的榜样。

中国知识分子的尊严还体现在一身傲骨、坚持真理上。中国现代最负盛名的集历史学家、古典文学研究家、语言学家、诗人于一身的百年难见的人物陈寅恪就是典型代表。他学识渊博，与叶企孙、潘光旦、梅贻琦一起被列为清华百年历史上四大哲人，与吕思勉、陈垣、钱穆并称为"前辈史学四大家"。先后任职任教于清华大学、西南联大、广西大学、燕京大学、中山大学等。

中国百年难得一见的大师陈寅恪墓前有一句"独立之精神，自由之思想"，这是他送给王国维的，也是他一生所推崇的。

但陈寅恪一生的写照还有另外一句：不与权贵游，不言所不愿言。这位在学术领域称得上是大师的人物，在为人处世上也自有风骨。他学贯中西，晚年不幸遭遇迫害落下残疾，仍不失文人傲骨。

历史长河流淌得汹涌，一些人被铭记，一些人被遗忘，但陈寅恪以其深厚的学问和崇高的精神品格，给后人留下了无数珍贵的遗产。他不仅是能垂名青史的大师，更是时代的一个精神符号，在他身上充分体现了一个知识分子的尊严。

时代在前进，社会在发展。风云变幻，大浪淘沙。当今大多数知识分子守得住尊严、极个别的"砖家"徒有其名，或者沽名钓誉，学风浮躁、言行轻率，在专业领域内研究不深入、调研不扎实、论证不严密，但为了出名或者其他目的，屡屡创造一些奇谈怪论、谎言谬论来哗众取宠，损害了学术的严肃性和高级知识分子的形象；有的"叫兽"为了评定职称论文造假，或者批量生产学术价值低、科研含量微的论文，或者利用自己的特殊地位和声誉，为了个人利益而发表一些明显与公理正义、客观规律、事实真相不符的言论。

这些知识分子已经退化成了无脊椎软体动物，没有傲骨、只有媚骨、脑壳进水、斯文扫地。知识分子的堕落是一个社会最后的彻底堕落。其危害之大，可以使一个社会整体弱智化。

综上所述，要守护知识分子的尊严，必须对这个国家和社会负责、担当。知识分子作为一种特殊的存在方式，当然应该用所学来服务于人类，服务于社会，为社会提供各种必要的具体的知识或者是精神文化产品。但是一个有良知的知识分子应该在社会狂热的时候保持着清醒，在社会失范的时候对大家提出警醒。

为官不读书便是一介俗吏

古时候学而优则仕，做官的都是读诗书的人。古代的官员千里宦游、两袖清风，满墙书卷，白天升堂处理俗务，晚来在灯下读书咀嚼真谛，庶几近于人生的最高境界。

战国时期楚国诗人、政治家屈原早年受楚怀王信任，任左徒、三闾大夫，兼管内政外交大事。他是中国历史上第一位伟大的爱国诗人，中国浪漫主义文学的奠基人，被誉为"中华诗祖""辞赋之祖"。他是"楚辞"的创立者和代表作者，开辟了"香草美人"的传统。屈原的出现，标志着中国诗歌进入了一个由集体歌唱到个人独创的新时代。他被后人称为"诗魂"。

北宋著名思想家、政治家、文学家、改革家王安石，历任扬州签判、鄞县知县、舒州通判等职，政绩显著。他自幼聪颖，酷爱读书，过目不忘，下笔成文。从文学角度总观王安石的作品，无论诗、文、词都有杰出的成就。

北宋政治家、史学家、文学家司马光，历仕仁宗、英宗、神宗、哲宗四朝，官至尚书左仆射兼门下侍郎。为人温良谦恭、刚正不阿；做事用功，刻苦勤奋，以"日力不足，继之以夜"自诩，堪称儒学教化下的典范。生平著作甚多，主要有《温国文正司马公文集》《稽古录》《涑水记闻》《潜虚》等。司马光的主要成就反映在学术上。其中最大的贡献，莫过于主持编写《资治通鉴》。

南宋词人辛弃疾，历任湖北、江西、湖南、福建、浙东安抚使等职。辛弃疾在词史上的一个重大贡献，就在于内容的扩大，题材的拓宽。他现存的六百多首词作，写政治，写哲理，写朋友之情、恋人之情，写田园风光、民俗人情，写日常生活、读书感受，可以说，凡当时能写入其他任何文学样式的东西，他都写入词中。

故宫博物院藏南宋辛弃疾的行书《去国帖》为纸本，是辛弃疾目前仅见的书法作品。行书十行，为酬应类信札。末署"宣教郎新除秘阁修撰权江南西路提点刑狱公事辛弃疾札子"。中锋用笔，点画规矩，书写流畅自如，于圆润爽丽中不失挺拔方正之气象。曾经过元朝赵孟頫，明黄琳、项元沛，清朝永理等鉴藏，《书画鉴影》著录。

北宋著名文学家、书法家、画家苏轼，宋神宗时曾在凤翔、杭州、密州、徐州、湖州等地任职。元丰三年（1080年），因"乌台诗案"被贬为黄州团练副使。宋哲宗即位后，他曾任翰林学士、侍读学士、礼部尚书等职。

苏轼是北宋中期的文坛领袖，在诗、词、散文、书、画等方面取得了很高的成就。其文纵横恣肆；其诗题材广阔，清新豪健，善用夸张比喻，独具风格，与黄庭坚并称"苏黄"；其词开豪放一派，与辛弃疾同是豪放派代表，并称"苏辛"；其散文著述宏富，豪放自如，与欧阳修并称"欧苏"，为"唐宋八大家"之一。

苏轼亦善书，为"宋四家"之一；擅长文人画，尤擅墨竹、怪石、枯木等，有《东坡七集》《东坡易传》《东坡乐府》《潇湘竹石图卷》《古木怪石图卷》等传世。

综上所述，古时候学而优则仕，是因为那时候中国还没有真正的科学，更没有知识分子阶层，读书人唯一的出路只有做官。阅读中国的古典文学与哲学，就会发现中国的主流文化其实是官员们创造的，这使人对古代的宦读人生不禁生出无限的怀想。做官是一种大俗，读书是一种大雅。在中国文化史上，那些老死书斋的学者往往成为陋儒，而宦游四方的官员则往往成为文化英雄。治国平天下的事功无意中变成了治学为文所必需的田野工作，这也算是历史和命运的一种机巧吧。

据说曾国藩一生都是半天办公，半天读书，即使是在战事激烈的军旅之中也不废此例，这可以看作是一种典范。曾氏所读并非都是关于治国打仗的书，他悉心于哲学并且酷爱诗词。我曾经看到过曾国藩悼其亡弟的一副对联，

叫作"归去来兮,夜月楼台花萼影;行不得也,满天风雨鹧鸪声",情意真切,情味浓郁,仅此短短一联即可见出了他对于辞章乃至民间词曲的深湛修养,令人玩味不已。实际上越是置身于官场是非之中越是需要读书来涤滤养心。读书致用倒还在其次,读书的至境在于养心,在于悟道,在于达到对人性的了悟与同情,达到对宇宙的洞察与皈依,达成个人人格的丰富、威猛与从容。

20 世纪初,西方科学传入中国,中国的知识分子阶层形成,官学分离,学而优则"学"(指教授学者),与今天所不同的是,做官也要求高学历,并且为官者都喜爱读书、琴棋书画、博古通今。

"辛苦遭逢起一经""半部论语治天下"的道理古今相同,但更经常塑造人生的还是持续不断的广泛阅读,是不同年龄、不同境遇下的随缘涉猎。潜移默化,润物无声,在博览群书中反省经验、变换气质。所以古人特别主张"读万卷书",主张"饱读"。

古人为官饱读诗书、勤政为民,今天有的官员相形见绌,怎么对得起党和人民,又怎么对得起列祖列宗!

诚信是文明社会的道德底线

这些年来人们痛感诚信缺乏的危机：市场上"假冒伪劣"泛滥，不守合同、恶意赖账、收货不付款、收款不发货成为司空见惯，金融诈骗、设局坑人，上市公司包装作伪，公然"圈钱解困"。

我们已进入现代文明社会，在社会主义核心价值观基本内容中，富强、民主、文明、和谐是国家层面的价值目标，自由、平等、公正、法治是社会层面的价值取向，爱国、敬业、诚信、友善是公民个人层面的价值准则。我认为，诚信是文明社会的道德底线。

文明社会普遍遵守契约、目光长远。动物基本上没有任何长期的记忆，也不懂得以积累的经验预测遥远的将来。因此，动物没有诚信的伦理，也无法预见功利行为所导致的结果。但是，人类是有记忆和预见性的生物，积累了足够多的博弈经验以后，人们迟早会明白一个道理：依靠无休止地相互残杀，永远无法走出囚徒困境，斩草除根也无法带来长治久安。

唯有切实建立共同的底线、责任明确的契约，才是维护安全感的最佳方式。尤瓦尔·赫拉利说，正是这种强大的"虚构能力"，使人类跳出动物的范畴、成为万物之灵。例如，货币信用就是最伟大的发明之一，它使人类的市场交换变得更加便捷、高效——凡是金融市场开放发达的地方，就一定是文明程度高的地方。

另外，不受权力干扰的市场通常是重复、多次的博弈。因此，只要社会保持高度的开放和协作，守信的人就一定是获利最多的——这样便形成了互

惠互利的良性循环。

诚信是一个社会赖以生存和发展的基石，是维持社会秩序的纽带，是人际关系和谐的良药，是推动科学发展的动力，也是民族团结进步的阶梯。

诚信是社会主义核心价值观的重要内容。把诚信作为公民个人层面的价值准则就要大力加强诚信建设，不断完善各种必要的法律和制度，杜绝失信行为产生的渠道，让诚信真正内化于心、外化于行。

在人与人的交往中，诚信是多么重要，且是多么美好。诚信宛如悠长的、纯洁的清流，洗净人们心灵的污垢，涤荡人们灵魂的杂色。它坚忍地绵延着，绵延在人与事繁芜的丛林里。

诚，意为真心，实在；信，意为诚实，不欺骗，它恰似一只小艇，在真理之湖的怀抱里荡漾，那一份静谧，给人以圣洁，给人以安详。

诚信，呼唤着心灵的良知，不禁使心歌唱起那一首《欢乐颂》。诚信，一只展翅的白色和平鸽，衔着橄榄枝，架起人与人沟通的桥梁。真挚的情感是该对任何人敞开的，诚信就是那把钥匙，打开麻木的枷锁，将人们的爱互相传递。这是多么浩大的工程，诚信对哪怕是冷漠已久的心灵，依然坚定地说，我们可以。诚信唤醒你的良知了吗？

诚信是落于人们心灵的轻轻绿叶，它缥缈，它在我们迷糊的时候闪耀，它让我们的心受到洗涤，重新感受这一美好；迸发的那一份热情，那同样是这样的耀眼，它跨于我们的心间，它分辨纵横交错的道路，但是，它会通向真理。

诚信，心若坚持，它就坚强。弥漫我们心中的迷雾，会慢慢驱散，我们迷失航向的时候，它就像一盏青灯，忽闪光芒。

人拥有了诚信，谎言那罪恶的茎叶不会蔓延到他们纯净的伊甸园。质朴的心植着诚信的幼苗，除去谎言的毒草，浇灌善良的露水，倾入正直的养料，给予其灵魂的滋养，它将苗壮成长。

别让那金钱淹没道德，淹没诚信，无视那贪婪的欲望，歌唱神圣的歌曲。而我们的心灵，也是如此，我们宁可损失掉一切的利益，也不能放弃这光辉的诚信，也不能受谎言的摆布，受利益的诱惑，那么，拥有生命的环境会越来越美好，生命的意义也会光辉灿烂。

一个有诚信的人，对任何人都是真心诚意的，不说谎言，更不能欺骗；一个有诚信的人，在任何时候只要是承诺别人的事，都要讲信誉落实兑现；一个有诚信的人，在和同学同事、亲朋好友聚会或约会时，都会守时守点。

由诚信守护的生命，会更美丽而生机勃勃。源于正直心灵的良知，催熟诚信的种子，随风处处飞扬，爱它吧，让诚信在你的心底发芽吧。

游记篇

NANHU YEHUA

东湖绿道尽兴游

每次去东湖，总要到绿道上溜达。今天春光明媚，和风拂面，我乘坐观光车全程尽兴游。

闻名于世的东湖绿道全长约 28 公里，是国内首条城区内 5A 级景区绿道，串联起东湖磨山、听涛、落雁三大景区，含四条主题绿道以及四处门户景观，八大景观节点。

湖中道全长 6 公里，从梨园广场由城入湖，行走在这段绿道上，视野开阔，水天一色，着力展现东湖纯粹之美。湖中道穿行于湖中，沿途水杉林立，人们在此望远可以遥看中皋独秀。

湖中道长堤衫影是由具有 60 多年历史的长堤和东湖渔场生产区改造而成，道路两旁均为杉林湿地。"参天杉树巍然屹立，一湖风景绿堤扬"，这段长堤承载了几代武汉人的记忆，已成为城市标志性名片。

湖中道湖光阁，原名"中正亭"，1931 年为庆祝蒋介石 45 岁生日而建，后更名湖光阁。新增依波亭、长廊、曲桥、湿林等，临湖建有亲水平台，可徜徉于清幽疏林中，可流连于湖光山色间。

在湖光山色之间的沙滩浴场，炎炎夏日，是亲近东湖、畅快戏水的最佳去处之一。

湖山道全长 6 公里，是东湖景区花卉、植物最集中的区域，春樱夏荷，秋桂冬梅，四时不同，风光无限，是一条独特的赏花观叶走廊。

磨山道全长约 6 公里，将东湖水岸自然生态与磨山景点的历史人文底蕴

相结合，打造行走自然山水、感知荆楚人文神韵的游园体验。

郊野道全长 11 公里，设有采摘区、童趣园、竞速道等，可观叶赏果，亲荷采菱，捉鱼摸虾，互动性极强，是东湖深处精心打造的一处都市田园之地。也是武汉最主要的候鸟迁徙通道之一，是一条最适合野外观鸟，亲近自然的观景路线。

郊野道曲港听荷，水域中保留有鱼塘的田埂肌理，将大小不一的水面打造成荷花、睡莲、千屈菜、菖蒲等不同主题的水生植物区，待月光洒满湖面，清风拂过山地，自可体会到苏东坡笔下"曲港跳鱼，圆荷泻露，寂寞无人见"之境。

郊野道爱情岛，"十年修得同船渡，百年修得共枕眠"，在山楂树下携手许愿，在玫瑰廊相拥而立，执子之手，白首不离，于天地和鸣中体会爱情之美。

"东湖暂让西湖好，今后将比西湖强"。东湖绿道开通后，磨山景区开始免费。现在武汉人游东湖，就像去自家后花园一样轻松自如。东湖也吸引越来越多的外地游客前来，给大武汉旅游业带来新的增长点。东湖绿道不仅是武汉的一道绝美风景线，也是武汉最闪亮的一张新名片。

今天，我最兴奋的时刻是，当观光车到达落雁岛时，我不禁放声吟诵《落雁赋》：

幽雅落雁岛，温馨爱情角。远避闹市之喧嚣，近呈东湖之妖娆。西接磨山之龙脉，东舞绿道之松涛。此地，古木壮而繁茂，奇石瘦而峻峭；百花发而幽香，众鸟嬉而鼓噪。

傲然屹立之石牌坊，镂刻精细，庄重大方。四根霸王柱，气宇轩昂；一幅画意联，荡气回肠！更有两侧之雕塑，其势恢宏，烟霞流荡；其形灵动，气润华章。

此地，有雁之传说，雌雁寻爱，历尽艰辛；此地，有爱之风景，落雁五亭，一亭一韵。雁影亭——孤鸿瘦影，感怀痴情。雁栖亭——花间隐榭，心怡神凝。雁鸣亭——天籁，响遏流云。雁遇亭——圆若苍穹，返璞归真；落雁亭——见芦洲之渺渺，望碧波之盈盈。雁落斯湖，其缘何深！嗟夫！心心相印如此景，天长地久同此心！岁月折叠往事，亭台存储命运！我忆你惊鸿之影，你念我如雁痴情！

　　徜徉在东湖之滨，游目于落雁美景，闻鸿雁于长空，念乡愁于归程。远山入湖隐，近水动人心。骋怀山叠山，寄语桥连桥：观清河桥，叹养由基，一箭定乾坤。经九曲桥，遇仙台云烟绕，薄雾染发梢。过雁洲桥，惊拉索水上漂，情侣欢声闹。望鹊桥，呼长虹卧波，咏月圆花好；羡星桥鹊架，闻郎欢女笑！噫！东湖落雁风景地，世间浪漫爱情岛也！

　　噫吁嚱！东湖绿道，慢享生活；探秘东湖绿道，其乐无穷。

江城无限美，任我尽兴游

　　风景天下，难比江城无限美。享有"天下江山第一楼""天下绝景"之称的黄鹤楼，它是黄鹤楼公园主要景观，与晴川阁、古琴台并称"武汉三大名胜"，与岳阳楼、滕王阁并称为"江南三大名楼"。整个建筑具有独特的民族风格，散发出中国传统文化的精神、气质、神韵。

　　沿东湖漫步，曾走过清河桥、九曲廊、千帆亭、芦洲古渡、凌波门、行吟阁、九女墩、朱碑亭、长天楼、放鹰台、磨山、楚城……随清风皓月看遍东湖桥头、廊亭、楼台、匾阁、城榭。

　　还有归元禅寺、宝通禅寺、长春观，昙华林、张公寨公园、中山公园、解放公园、森林公园、汉口江滩……

　　更有迷人的"两江四岸游"，夜间顶棚灯光与船体勾勒灯带融为一体，熠熠生辉，红色飘带点缀以星星点点的灯光，随船行进飘动在长江上，给雄伟的长江增添一丝浪漫气息，也似镶嵌在巨幅绚丽夜景中的一颗钻石，与两江四岸的灯光交相辉映。

　　江城无限美，任我尽兴游。在宝通寺庙祈福，素菜馆就餐。红皮素鸭、禅味藕盒、罗汉拼盘、宝通罗汉斋、素包、素拼盘、干煸糍粑鱼、五香牛肉、饺子、鱼香肉丝、野菜软饼、功德素包、酥炸雀头、宝通小拼盘，菜都是很清淡的。肉丸子是用面粉配的青菜，还加了青豆、玉米、木耳、胡萝卜、枸杞——这个菜最有卖相，颜色搭配好看，看看都很有食欲，丸子很有弹性，味道不错。螺肉是用魔芋仿制的，埋藏在一大堆尖椒和一些花椒中，口感不错，很有嚼劲，带点辣味，很好吃的。

楚河汉街集繁华、美食、购物为一体，有火锅、烤肉、西餐、湖北菜、奶茶、甜品，等等，想吃啥就有啥。当我们快意地逛完街之后，总是需要找一个好吃的餐厅来品尝美食的。

武汉万达瑞华（六星级）美食汇全日自助餐厅，美食非常好吃，尤其是甜点非常的"少女"，颜值很高，适合大众的口味。除了味道好之外，其服务贴心，回头客也较多，但是人均消费也不低。

左右膳坊（楚河汉街店），我们从名字就可以看出，他们擅长做膳食，讲究用滋味平衡、寒热平衡、阴阳平衡等原理来烹饪菜肴，这家店传承了中华千年的饮食文化，肉类都是生态木兰湖畔水牛肉，使用传统的柴火土灶烹饪方法，用料简单而美味。店内一楼是散台，二楼有几个包间，环境雅致很适合朋友幽会。

光谷步行街全长 1350 米，是最长的纯步行商业街，由现代风情街、西班牙风情街、德国风情街、意大利风情街和法国风情街组成，外连世界城广场，是集购物消费、餐饮娱乐、旅游观光、休闲健身、商务办公、酒店居住于一体的多功能、全业态、复合型超级商业步行街。

光谷红鼎豆捞店是我经常打卡的地方，象拔蚌、红鼎上上签、鲍皇汤、鲍鱼顶汤、雪花肥牛、波士顿龙虾、牛肉刺身、三文鱼拼北极贝、红鼎祥云、澳洲龙虾、红鼎四宝丸、生蚝、虾滑、大连小鲍仔，味道鲜美，口感极好。

江城美景任我游，江城美食任我品。奋斗一生，享受人生。

重游宝通寺

说到武汉的寺庙，可能大家都知道有四个佛教丛林，分别是归元寺、宝通寺、古德寺、莲溪寺，其中著名的就是归元寺和宝通寺。归元寺最出名，宝通寺是武汉最古老，而且也是唯一一个皇家寺院。

可能是地理位置等原因，去归元寺的人络绎不绝，去宝通寺的人寥寥无几，所以归元寺的香火自然是更旺盛一点。

疫情之前，我无论多忙，几乎每个周末都要去宝通寺游览散心，品尝斋菜。新冠肆虐期间，寺庙紧闭，斋菜馆也望洋兴叹。

今天终于得以尽兴重游，我买了门票，亮码进入庙门。远离闹市喧嚣，给人一种清净舒适的感觉，仿佛到了另一个世界。同行的其中一位是专门研究佛学的。

寺内建筑依山就势，自下而上有山门、放生池、圣僧桥、接引殿、大雄宝殿、祖师殿、藏经楼；左有禅堂，右有方丈室，登至山上，有万佛殿、玉佛殿，再上为华严洞、华严亭、法界宫和宝通塔。

原有的铁佛殿等少数建筑现已被毁，原有从武昌城古铁佛寺迁来的唐代天宝年间铸造的三尊三铁佛，亦在"文革"中被砸毁。尚存建筑大部分破损严重。

寺内尚保存有大铁钟两口，其一为南宋嘉熙年间孟珙所铸，亦系从古铁佛寺迁来之物。在接引殿前还保存有明代初年的石雕大狮一对。

寺内曾有名泉数处，以"白龙泉"最为著名，惜已湮没。寺后山多古树，最著名者为"岳松"，相传为岳飞当年在此驻军时所植，故名。这些树在明末或枯萎或被砍伐。清同治年间在原地又植松树多株，长成后仍称"岳松"，现尚存八株。

近年来，寺内建筑逐渐修复，山门上有赵朴初题写的"宝通禅寺"镏金大字。研究佛学的先生边走边讲，我受益匪浅。

不知不觉我们来到宝通寺后山上的洪山宝塔，原名灵济塔，为纪念灵济慈忍大师而命名。洪山宝塔，塔身为砖石砌成，仿木结构，八角七级。塔高13丈3尺，基广11丈2尺。塔身内空，每层多面皆有窗口，从底层到最上层有旋转式石级可登。

登上顶层，极目远眺，江南美景尽收眼底。游览洪山宝塔的文人学士为宝塔每层都起了个雅号：一柱擎天，二仪高下，三山半落，四顾茫然，五云多处，六合清朗，七级浮屠。这些名字引人入胜，颇有诗意。

到访宝通寺，登洪山宝塔使人心旷神怡。

午时，我们缓步下山，回首洪山宝塔，的确壮观，令人流连忘返。忽然手机铃声响起，原来是山下斋菜馆师傅催我们进餐。

来到斋菜馆二楼包间，我们洗手消毒，饮茶聊天，佛学先生谈经论佛，我听得着迷。

不到半小时工夫，素鸭、禅味藕盒、罗汉拼盘、宝通罗汉斋、素包、素拼盘、干煸糍粑鱼、五香牛肉、鱼香肉丝、饺子都送上餐桌。烹制出来的菜品味道鲜美、营养丰富，且不添加化学食品添加剂，属于纯天然绿色食品。这里不论是信佛吃斋还是健康养生，都是不错的选择。

菜馆拥有厨艺高超的素菜大师，在秉承祖传素菜工艺的基础上大胆创新，利用现代高科技的提炼技术，在保持传统素菜风味的基础上将植物蛋白、茹菌海藻山野菜融合于佛教的饮食文化之中，让人大快朵颐。

郊游景德寺

现在到新修的景德寺观光的游人络绎不绝，他们在拜香之后可得到"佛学警语"和"世界和平""众生安乐"等对联，其中有一副很有意思：

> 看破俗世尘缘，自在念佛，自净其意，是为佛教；
> 真诚清净平等，正觉慈悲，诸恶莫作，众善奉行。

虽然对仗欠工整，但立意很好，可以从一个侧面反映人们构建和谐社会的良好愿望。

柏泉景德寺位于武汉市东西湖柏泉农场月塘角村隔月塘而上的黄土坡，始建于唐代晚期，盛行明清。

据说唐末年间，有位得道高僧来到柏泉，看中这里状如雄狮怒吼的绿山，面向月塘，灵气盈溢，便选定在山坡上建起寺院，定名金台寺，到北宋景德年间，全面修缮，更名为景德寺。

景德寺为柏泉最早、规模最大的佛教禅寺，它经历了风雨沧桑，而今又香火兴旺，盛况空前。

我们在寺院大门外看到有一口柏泉古井，至今已有一千多年，相传柏泉有一百多个泉眼，景德寺高僧选了一个最大泉眼淘井，此井底的树根形如木鱼，这个木鱼能使柏泉井水永不枯竭，每晚十二点景德寺僧侣和周围居民能听到来自柏泉井下的木鱼声音，因而景德寺闻名四方，香火也更加浓香。

只见柏泉古井像一面神秘的镜子，倒映着一双双好奇的眼睛，荡漾着它悠远的传说。

古井旁，已新建起一座农家休闲庄园，景造得还不错，可惜仔细去看的人很少，我看到里面住的人都在搓麻将、斗地主。大约十一点左右，"后勤人员"早早就安排我们进餐。因为是预先定做的套餐，每人一份，五菜一汤、美味佳肴、水果拼盘、红酒少许，大家都相互间距一米左右就座入席。

席间，我们都采用网络方式彼此敬酒，即在桌面轻叩酒杯表示碰杯，互相祝愿，一时气氛热闹起来；"教授沙龙"轮值"长官"发表了热情洋溢的祝酒词，表达了良好的愿望和对大家衷心的感谢。不是盛宴胜似盛宴！

酒足饭饱后，就餐的人慢慢多起来，我们又戴上口罩开始了尽兴游。

远处可见，寺的正门高大宽敞，大门顶镶嵌着"景德寺"三个大字，庄重肃穆。大门对联精警怡心，上联为"暮鼓晨钟，惊醒尘寰名利客"，下联为"经声佛号，广度世间有缘人"。

第一进是东岳殿。神殿内供东岳神像，冠戴冕旒，身着朝服，手捧朝笏正色端坐。神龛上横幅为"帝出乎震"，两边柱上嵌刻黑底金字对联："判善恶，注生休，为百灵主；禀造化，定权衡，居众岳尊"。

大殿左有文昌阁，右有关帝祠，文昌、关帝神像金碧辉煌。关帝爷身着绿袍，正襟危坐，丹凤眼，卧蚕眉，赤面青髯，手抚"春秋"。关平护立其左，周仓卫立其右，威武伟岸，栩栩如生，敬香人注目礼拜顿生敬畏之感。

第二进大雄宝殿。此时，庄严肃穆的大雄宝殿映入眼帘，非常宏伟壮观。其四周有钟鼓楼、四大金刚殿等，这些都采用的是"三重五纵"式传统佛教建筑风格，彰显出千年古刹佛教底蕴浓厚的极致特点。

正中为三尊佛像坐于莲台之上，顶触梁际，遍身金光闪烁，神容庄重严肃，慈祥和善。左右韦驮相对站立，金盔铁甲，手执伏主伏魔龙镖。大雄宝殿左边是观音堂，堂中上联为"紫竹林中观自在"，下联为"白莲台上见如来"，堂横匾为"救苦救难"。

观音菩萨神像站立，下有莲花相托，一手握净瓶甘露杨枝，一手执拂尘，安详静谧，笑唇微启。右边为娘娘殿百子堂，堂内一百个小儿塑像姿态各异憨态可掬，堂额横匾是"来则得之"四个字。那时堂前神案上香烟缭绕，烛

光熠熠。一些求嗣心切的媳妇嫂子婆婆们顶礼膜拜堂下，络绎不绝。

第三进为黄姓家庙，但同景德寺前后贯通，形成一体，添增了寺院的景观。家庙内有三尊铁佛，各高六尺有余。

参观大雄宝殿后，我们就陆续进入藏经阁。因为我们的参观团持有武汉市政府有关机构的特许证明，所以在藏经阁待的时间就比较长，除了浏览经书和珍贵的陈列品，我们还聆听了寺庙方丈的介绍和讲解。

佛教源于古印度，佛祖被尊为释迦牟尼，于东汉明帝永平十年（公元67年）传到中国，到魏晋南北朝兴旺起来。到了唐代佛教教义日益深化，武则天时期高僧六祖慧能有一首偈语"菩提本无树，明镜亦非台。本来无一物，何处惹尘埃。"深入浅出地阐明了禅宗明心见性的哲理。这也就是柏泉景德寺在佛教鼎盛时期的唐代兴建的原因。

至于取名"景德"二字，我想可能是北宋景德年间，该院全面修缮，更名为景德寺的缘由吧！权威解释不得而知，但观其景，真是美不胜收。背靠青山，古木华盛，满山遍野，竹松交错，微峰起伏有致，风起鸟鸣，蝶舞翩翩。

寺庙面朝莲池，池中有幽曲小廊，池中莲不多，更为美丽，我又想这应为"景"。我猜想"德"是一种希冀，德为人之本，无德不仅不能为人，更不能成佛。

在结束参观时，我与寺庙管事聊起天来，得知景德寺方丈是归元寺昌明法师的学生，景德寺最奇异的景象有二：一是白虎山下庙旁有两块望天收的香火田，只靠山沁，但年年丰收；二是正殿屋脊上自生一株桃树，高四尺左右，枝叶繁茂，年年开花结果，人们称为仙桃。

我不禁感叹：武汉市东西湖区竟有如此仙境，难怪有大量台商涌向此地，成为台商开发区。

冬游道观河

清晨，阳光明媚、冬日夏云，真是郊游的好日子。我们兴致勃勃地来到新洲道观河。

道观河风景区位于新洲区东20公里，距武汉市区69公里，东与黄冈接壤，北与麻城毗邻，属大别山麓。

道观河地区东部是连绵的山丘，西部是丘陵冈地。一条河流，四季潺潺，自东向西而去，因该河与我国绝大多数河流的流向相反，因此人们称之为倒灌河。

自东晋时有一著名道士羡慕此地风水，前来筑室炼丹，后来得道成仙。世人为了纪念他，于是将该河流改称道观河。

新洲道观河历史悠久，文物胜迹甚多。商纣时期设立调兵遣将的烽火台；魏晋时期观宇林立，道教盛行；唐太宗钦赐的"唐敕紫霞"汉白玉匾珍藏在紫霞寺内；北宋时桑梓官宦大臣李阁老所植红杨树根如盘龙，枝繁叶茂；明末垒筑的工事保安寨，曾是太平军反清和新四军抗敌的战场；乾隆皇帝游览过的"奇石牛"，极富传奇色彩；革命时期，李先念、张体学等老一辈革命家曾在这里留下战斗足迹。

景区内苍松翠柏，山水相映。道观河风光的主旋律，是山与水的重奏，山借水而成其滋润，水借山而成其壮丽。

道观河水库则永远向人们展示着其温柔、细腻的南国风情，山山水水共同组成了道观河景区的轮廓和脉络。风景区内有一湖、二洞、三寺、三潭、

175

四泉、六岩、十溪、七十二峰等名胜古迹。

道观河景区面积4平方公里,人工景点有报恩禅寺、紫霞寺、避暑山庄、曲廊亭等,将军山主峰海拔675米,是武汉地区山峦最高峰,现被列为国家级森林公园。道观河水库水面宽阔,乘船游览,湖光山色,美不胜收。

宝石博览馆坐落于道观河风景旅游区水库之中,内有"十馆""四长廊""三亭"。展出用宝石、玉石、晶石制作的中外历史名人和《红楼梦》《水浒传》等名著中的人物雕像,各种花、鸟、虫、鱼、动物石雕,以及畅销世界的流行饰物等上千件,千姿百态,琳琅满目。

将军山上有巨人足迹,传说唐代有一沈姓将军来此山腰洞中居住,故洞名将军洞,山名将军山。山势高峻巍峨,郁郁葱葱,终年云腾雾绕,待晴日可遥看百里外一线长江。洞由四块天然岩石倚山嵌就,洞壁斑驳,岿然不动,面积约10平方米。方毅、刘西尧、赵辛初、张体学、高敬亭等革命先辈先后居此开展革命活动,进行艰苦卓绝的边区斗争。

狮子岩位于新洲区新集镇东、少潭河水库西南,海拔180米。山势险峻,岩峰挺拔,状如蹲狮,头尾四足具备。其巅山壁内陷,上下岩石伸出,中可容10人围坐,酷似狮口,向东北张喉鸣吼。山顶林木森森,山脚杂草丛生,山风吹过,犹如狮发狮须拂动,栩栩如生。志载岩下还有七洞三泉等诸多胜迹,因修建少潭河水库,有的已经湮没。由于地势险要,太平军曾在此与清兵激战,围城至今尚存。抗日战争中,新四军第五师某部曾在此奇袭日伪,史称这次战斗"打开了冈麻(黄冈、麻城)边,稳住了陂安(黄陂、黄安)南",在军史上写下了辉煌的一页。

问津书院又名孔庙,坐落于新洲区旧街镇孔子山。相传孔子自陈蔡赴楚途经此地,使子路问渡河的地方,故取名问津。从西汉起,历代州县均在此立庙祭祀孔夫子;宋末湖广儒学提举龙仁夫于此设院讲学。至明清,几经修葺扩建,规模日渐扩大,有大成殿、仲子祠、隐士祠、文公祠、诸儒祠、讲堂、理事斋、酬庸馆、文昌阁、魁星楼等数十间屋宇,一时文风鼎盛、名儒辈出。院周围还有孔子山、孔子河、颜子港、长沮冲、桀溺畈、回车埠、孔叹桥、问津碑、讲经台、晒书场、墨池、砚石等诸多胜迹。

如诗如画的人间天堂

每次到浙大参加学术会议，我总要到西湖一游。西湖十景，最常见的说法是苏堤春晓、曲院风荷、平湖秋月、断桥残雪、柳浪闻莺、花港观鱼、雷峰夕照、双峰插云、南屏晚钟、三潭印月。我们尽兴游览，泛舟碧波，感慨万分。

南宋时，苏堤春晓被列为西湖十景之首，苏堤南起南屏山麓，北到栖霞岭下，全长近三公里，是北宋大文学家苏东坡任杭州知州时疏浚西湖，利用挖出的淤泥构筑而成，后人为了纪念苏东坡治理西湖的功绩将就命名为苏堤。长堤卧波，连接了南山北山，给西湖增添了一道妩媚的风景线。

平湖秋月景区位于白堤西端，孤山南麓，濒临外西湖。其实，作为西湖十景之一，南宋时平湖秋月并无固定景址，这从当时以及元、明两朝文人赋咏此景的诗词中泛舟夜归、舟中赏月的角度抒写不难看出。如南宋孙锐诗中有"月浸寒泉凝不流，櫂歌何处泛归舟"之句；明洪瞻祖在诗中写道："秋舸人登绝浪皱，仙山楼阁镜中尘。"流传千古的明万历年间的西湖十景木刻版画中，《平湖秋月》一图也仍以游客在湖船中举头望月为画面主体。

断桥残雪是西湖上著名的景色，以冬雪时远观桥面若隐若现于湖面而称著。"楼台耸碧岑，一径入湖心。不雨山长润，无云水自阴。断桥荒藓涩，空院落花深。犹忆西窗月，钟声在北林。"诗中的一句"断桥荒藓涩"，从中可知断桥原是一座苔藓斑驳的古老平板石桥。大雪初霁，原来苔藓斑驳的古石桥上，雪残未消，似有些残山剩水的荒涩感觉，这也就潜埋下了断桥残雪这

西湖上独特景观的伏笔。西湖美景百看不厌，仿佛行走于画中，令人陶醉，令人神往。

曲院风荷，以观赏荷花为主题，占地 14 公顷，周边有岳飞墓、植物园等景点。

柳浪闻莺，是因园中柳树多、黄莺多，并且相互啼鸣而得名。

花港观鱼，位于西里湖与小南湖之间的一块半岛上，占地面积为 20 公顷。

雷峰夕照，因晚霞镀塔、佛光普照而闻名，雷峰即雷峰塔，公元 977 年建成，于 1924 年倒塌后重建，在西湖的南方。

双峰插云，是以观赏西湖周边群山云雾缭绕的景观为主题。

南屏晚钟，位于西湖南岸的南屏山一带，其主峰达百米以上，傍晚的时候钟声清脆悠扬。

三潭印月具有"西湖第一胜境"的美誉，是西湖中最大的岛屿，风景秀丽、景色清幽，岛上主要景点有开网亭、闲放台、先贤祠、迎翠轩、花鸟厅、我心相印亭、曲桥、九狮石等。

晋祠三绝

不到晋祠，枉去太原。晋祠位于太原市西南郊 25 公里处的悬瓮山麓，原为纪念周武王之子、晋国开国侯唐叔虞而建，创建年代已不可考。北魏郦道元的《水经注》就有关于晋祠的记载，可见当时已经颇为出名了。

晋祠现已成为一个有着几十座古建筑的中国古典园林的游览胜地，环境幽雅舒适，风景优美秀丽，素以雄伟的建筑群、高超的塑像艺术闻名于世。游晋祠，我们按中、北、南三部分进行。中，即中轴线，从大门入，自水镜台起，经会仙桥、金人台、对越坊、献殿、钟古楼、鱼昭飞梁到圣母殿。这是晋祠的主体，建筑结构严谨，具有极高的艺术价值。北部从文昌宫起，有东岳祠、关帝庙、三清祠、唐叔祠、朝阳洞、待风轩、三台阁、读书台和祖阁。这一组建筑物大部随地势自然错综排列，以崇楼高阁取胜。南部从胜瀛楼起，有白鹤亭、三圣祠、真趣亭、难老泉亭、水母楼和公输子祠。这一组楼台对峙，泉流潺绕，颇具江南园林风韵。此外最南部还有十方奉圣禅寺，相传原为唐代开国大将尉迟恭的住所。祠北浮屠院内有舍利生生塔一座，初建于隋开皇年间，宋代重修，清代乾隆年间重建，为七级八角形，高 30 余米，每层四面有门，饰以琉璃沟栏。登塔远眺，晋祠全景历历在日。

中轴线上，有 4 尊威风凛凛的宋代铁铸武士像，虽已历经 900 年的雨雪风霜，依然如山似塔，威风不减。与之遥遥相望的是圣母殿中的宋代彩色泥塑，尤其是其中的 33 尊侍女像，姿态各异，栩栩如生。在这里我们看到的不是以往雕塑中那种冰冷的面孔，呆板的表情，而是有思想、有感情的人的社会。

她们一颦一笑，一举手一投足都能带给您无尽的遐想——当我们置身于这些彩塑之中，仿佛能听到她们清脆的笑声，窃窃的私语，暗暗的哀叹！ 1954 年，我国雕塑艺术大师刘开渠先生看到这组雕塑后，不禁发出如此的感叹："这是人的社会、令人难忘的、抒情的、美的境界。"更令人叫绝的是，宋代铁铸武士像的阳刚之气与宋塑侍女的阴柔之美，形成了一个鲜明的对比。这绝非偶然的巧合，哲学上的辩证法，美学上的平衡感，在这些不知名的古代雕塑家手中运用得如此纯熟，表现得如此淋漓尽致，这能不令人叹服吗?

晋祠的美还不止于此，自然美更赋予她神奇的魅力。祠内清澈见底的难老泉水，不仅养育了一方儿女，也为晋祠增添了几分江南水乡的秀色。唐代大诗人李白游晋祠时写下了这样的美妙的诗句："时时出向城西曲，晋祠流水如碧玉。浮舟弄水箫鼓鸣，微波龙鳞莎草绿。"这长流不息的泉水，给晋祠带来了灵气，也带来了无限的生机，祠内上千年的古树 20 余株，尤其是周柏、隋槐，更是给人留下了难忘的印象。周柏，相传为西周时所植，位于圣母殿左侧，树身斜倚在撑天柏上，形似卧龙，因此又称"卧龙柏"。宋代文学家欧阳修曾写下"地灵草木得余润，郁郁古柏含仓烟"的诗句赞美它。可见早在九百多年前它就以苍劲古老而著称，至今依然是苍翠挺拔，和难老泉一起被誉为"晋祠三绝"。

千百年来，晋祠以她悠久的历史，奇特的景观，吸引了无数文人墨客，也招徕了历代的帝王将相。这些名人雅士在游览之余，吟诗作文，为晋祠留下的碑碣多达 300 余通。唐太宗李世民御制御书的《晋祠之名并序》碑，堪称其中之最。公元 646 年，太宗皇帝东征高丽归来途中，率群臣重游晋祠，想起当年发迹神祠，保佑他夺取江山的唐叔虞，不禁浮想联翩，感慨万千。于是亲撰铭文，刻石立碑，留下了这块代表他晚年政治思想主张和绝妙书法的千古名碑，后人称之为继王羲之后的又一块文笔俱佳的行书大作。

1959 年，郭沫若先生游晋祠时欣然命笔写下了一首脍炙人口的《游晋祠》："圣母原来是邑姜，分封桐叶溯源长。隋槐周柏矜高古，宋殿唐碑竞炜煌。悬瓮山泉流玉磬，飞梁荇沼布葱珩。倾城四十宫娥像，笑语嘤嘤立满堂。"

晋祠三绝分别指的是周柏、宋代彩塑、难老泉。晋祠始建于北魏前，是为了纪念周武王的次子叔虞而建造的。周柏距今已有 3000 多年，树干粗壮，需数人才能合围。在当地人眼中，这株古柏就是长生不老的象征。

圣母殿是北宋年间为叔虞之母邑姜修建的一座规模宏大的殿堂，由于这座殿堂修筑得十分富丽堂皇，再加上古代官员都要到圣母殿来献祭祈雨，这座殿堂就成了晋祠的主体建筑，而原来的唐叔虞祠倒反而退居次要的地位了。

圣母殿的殿身四面都有围廊，前廊深两间，是我国古建筑中现存最早的带围廊的宫殿。殿宽七间，深六间。殿顶用黄绿色的琉璃瓦剪边，殿内供奉着四十三尊彩塑。主像是圣母邑姜，其余四十二尊是宦官、女官和侍女。

三绝中最后一绝是难老泉。晋水有三个源泉，一是善利泉，二是鱼沼泉，三是难老泉。难老泉是三泉中的主泉，晋水的源头就从这里流出，长年不息，水温保持在 17℃，流量是 1.8 立方米 / 秒。

晋祠，是中国现存最早的古典宗祠园林建筑群，现存有三百年以上的建筑 98 座、塑像 110 尊、碑刻 300 块、铸造艺术品 37 尊，集庄严壮观与清雅秀丽于一体，是宗祠祭祀建筑与自然山水完美结合的典范。

云游故宫

　　故宫位于北京市城区中心，旧称紫禁城，是明、清两代的皇宫，是当今世界上现存规模最大、建筑最雄伟、保存最完整的古代宫殿和古建筑群。至今已有近 580 年的历史，先后有 24 位皇帝在故宫登基，执掌朝政。故宫规模宏大，东西宽为 753 米，南北长达 961 米，总占地面积达 72 万平方米，有大约 10000 间宫室。

　　一进去，展现在眼前的故宫，是气势雄伟的古代宫殿，而且宫墙四面都建有高大的城门，南为午门也就是故宫正门，北为神武门，东为东华门，西为西华门，这宫墙四"门"的角楼都是风格独特、造型绮丽的。

　　故宫中最大的宫殿是太和殿，这里是明、清皇帝召见百官、发号施令、举行庆典的地方。全殿面阔 11 间，进深 5 间，外有廊柱，殿内外共立 72 根大柱。殿高 35 米，殿内净空高达 14 米，宽 63 米，面积 2377 平方米，为全国最大的木构大殿。

　　接着就是中和殿，这是为帝王去太和殿途中的演习礼仪之地。再就是保和殿，这是皇帝宴请外藩王公贵族和京中文武大臣之处。随着导游来到文华殿，它是明代皇太子读书处。乾清门是故宫中外朝和内廷的分界处，由此向北便是内廷。乾清宫是明、清皇帝处理政务的地方，慈宁宫就是皇上居住的地方。

　　故宫建筑的后半部叫内廷，内廷宫殿的大门——乾清门，左右有琉璃照壁，门里是后三宫。内廷以乾清宫、交泰殿、坤宁宫为中心，东西两翼有东六宫和西六宫，是皇帝处理日常政务之处也是皇帝与后妃居住生活的地方。后半部在建筑风格上不同于前半部。前半部建筑形象是严肃、庄严、壮丽、雄伟，以象征皇帝的至高无上。后半部内廷则富有生活气息，建筑多是自成院落，有花园。

在故宫内廷最后面，重檐庑殿顶。坤宁宫是明朝及清朝雍正帝之前的皇后寝宫，两头有暖阁。清代改为祭神场所，雍正后，西暖阁为萨满的祭祀地。听说其中东暖阁为皇帝大婚的洞房，康熙、同治、光绪三帝，均在此举行婚礼。

保和殿建于明永乐十八年（1420年），清乾隆时重修。每年除夕，皇帝在此宴请少数民族王公大臣。自乾隆后期，这里便成为举行科举殿试的场所。

养心殿建于明嘉靖十六年（1537年），清雍正年重修，作工字形建筑，分前后两殿。自清雍正以后，皇帝寝宫移至后殿，前殿成为皇帝处理日常政务、接见臣工的地方。东暖阁是同治、光绪皇帝年幼时，慈安太后和慈禧太后垂帘听政的地方。宣统三年（1911年）辛亥革命爆发，溥仪在此召开"御前会议"，作出退位决定。西暖阁是清代皇帝批阅奏章，或与亲近大臣密商之处。西暖阁西侧另一小室为乾隆皇帝最著名的书房之一——三希堂，我们驻足好久，一直在欣赏乾隆的书法。

据介绍，乾清宫始建于明永乐十八年（1420年），现存建筑为清嘉庆三年（1798年）所建，是明清皇帝日常起居和处理政务的地方，自清雍正移居养心殿后改为接见外国使臣的场所。

来到交泰殿时游客较多，听说它是建于明嘉靖年间，顺治、康熙和嘉庆年间重修，原为皇后千秋节受庆贺礼的地方，清代用来存放"清二十五宝"玉玺。

文华殿初为皇帝便殿，明天顺、成化两朝，太子践祚之前，先摄事于文华殿，嘉靖十五年（1536年）改为皇帝便殿，清康熙二十二年（1683年）始重建，为明清皇帝经筵之所。

最后来到武英殿，它始建于明初，明代于武英殿设待诏，择能画者居之。明末农民起义军领袖李自成于崇祯十七年（1644年）春攻入北京，在四月二十九日于武英殿草草举行了即位仪式。清兵入关后，摄政王多尔衮以武英

殿作为理事之所。康熙皇帝开始将这里作为刊刻典籍之所。

从武英殿出来，就看到在坤宁宫北面的是御花园。御花园里有高耸的松柏、珍贵的花木、山石和亭阁。御花园原名宫后苑，占地 11000 多平方米，有建筑 20 余处。以钦安殿为中心，园林建筑采用主次相辅、左右对称的格局，布局紧凑、古典富丽。殿东北的堆秀山，为太湖石迭砌而成，上筑万春亭和千秋亭。

故宫博物院藏有大量珍贵文物，据统计总共达 1052653 件之多，统称有文物 100 万件，占全国文物总数的 1/6。

登香炉峰

香山公园位于北京西郊，地势险峻，苍翠连绵，占地 188 公顷，是一座具有山林特色的皇家园林。景区内主峰香炉峰俗称"鬼见愁"，海拔 575 米。香山公园始建于金大定二十六年，距今已有近 900 年的历史。香山公园有香山寺、洪光寺等著名旅游景点。

香山的最高峰顶有一块巨大的乳峰石，形状像香炉，晨昏之际，云雾缭绕，远远望去，犹如炉中香烟袅袅上升，故名香炉山，简称香山。

香山作为一处拥有着自然风光的山林公园，建园历史悠久，特别是在建筑、寺庙周围分布着大量的栽培植物，如银杏、油松等，栽植时间长，古树数量众多。其中，一、二级古树共计 5800 余株，约占北京市城区古树的 1/4。树种有侧柏、油松、圆柏、白皮松、槐树、银杏、楸树、麻栎、榆树、元宝枫、栾树、七叶树、皂荚等十三种，成为香山重要的景观资源。香山古木参天、浓荫蔽日，使这里显得更加峰峦叠翠、林木幽深。香山传统的观赏花木也已成规模，如牡丹、玉兰、西府海棠、山杏、山桃、月季、紫薇、连翘、梅花、丁香等，形成了一些集中的观赏区，如杏花林、梅花谷、丁香路、椴树路，特别是椴树，极具特色，在市内其他园林比较少见，是香山优良的芳香植物和秋色叶植物。清代著名的"三山五园"之中的一山一园便是香山静宜园，静宜园曾有二十八景：勤政殿、丽瞩楼、绿云舫、虚朗斋、璎珞岩、翠微亭、青未了、驯鹿坡、蟾蜍峰、栖云楼、知乐濠、香山寺、听法松、来青轩、唳霜皋、香岩室、霞标蹬、玉乳泉、绚秋林、雨香馆、芙蓉坪、晞阳阿、栖月崖、

重翠崦、香雾窟、玉华岫、森玉笏、隔云钟。登香炉峰，其制高点海拔 557 米，香山公园最高处，因其地势陡峭，登攀困难而俗称"鬼见愁"。香山公园先后在顶峰建起三个有特色的亭子："重阳阁"意在九九重阳登之可望京城;"踏云亭"因秋雨后、春雨前缕缕云丝穿行亭内外，犹如踏云一般而得名；"紫烟亭"因晨夕之际的薄雾淡淡如紫色云霭，时隐时现，颇有"日照香炉生紫烟"的味道。站在白玉观景台上，远处昆明湖宛如一盆清水，各式建筑星罗棋布。

中山纪念堂，坐落在香山碧云寺内，自 1977 年 10 月 1 日正式对游人开放以来，成千上万的社会各界人士纷纷前来瞻仰参观，是革命传统教育和爱国主义教育的重要基地。纪念堂内正中安放着中国国民党中央委员会暨全国各地中山学校敬献的中山先生汉白玉全身塑像，左右墙壁上镶嵌着用汉白玉雕刻的孙中山先生所写的《致苏联遗书》，正厅西北隅陈列着 1925 年 3 月 30 日苏联人民送来的玻璃盖钢棺，堂内还陈列着孙中山先生的遗墨、遗著。

一年一度的"香山红叶节"如期举办，此时公园也迎来了每年最美的季节，登高赏景，摄影创作，人气爆棚。

羊城早茶

广州商业繁华，景点怡人，以羊城新八景、花卉博览园、花都香草世界、华南植物园等最为盛名，还有异域风情的沙面和拥有 130 多年历史的石室圣心大教堂，及陈家祠、现代化建筑广州塔和已有 2100 多年历史的南越王墓，都是值得一看的地方。

越秀公园是广州最大的公园，最具代表性的，就是广州的标志——五羊石像，整个公园花草茂盛，山水秀美，因为免费的关系，当地人来得比较多，可以爬爬山锻炼一下身体。

景区可以坐观光车游览，在五羊石像拍照留念，参观广州博物馆和古城墙。它由主峰越井岗及周围的桂花岗、木壳岗、鲤鱼岗等七个山岗和北秀、南秀、东秀三个人工湖组成，三个湖都可以坐游船。三个湖的区别在于，东秀湖可以远望电视塔，且有碰碰船，它的湖畔还有儿童乐园；南秀湖可远眺镇海楼，它湖畔有一个大草坪，是绘画、写生的好地方；北秀湖绿荫低垂，湖畔还建有花卉馆、湖心岛和锦园（里面有很多锦鲤）等。除了本身的自然风光，整个公园还有中山纪念碑、广州古城墙、古老的四方炮台等诸多古迹。

羊城早茶，闻名全国。广州人把饮茶又称"叹茶"。"叹"是广州的俗语，为享受之意。饮杯茶，食个包，叙叙旧，看看报是广州人叹早茶时的习惯。早茶时间很长，从早上五点到中午十二点都是叹茶时间。十甫路的陶然居清晨 6 点就已经站满了阿公阿婆，广州酒家不到 9 时就客满。天然居 10 点钟还人声鼎沸，一个早上就能至少翻台 2 次。南园饮早茶临近中午等待翻台的食

客一点不少。北园装修后，只有周末才有的早茶饮，想喝的人鱼贯而入，点个传统的一盅两件，或者虾饺、叉烧包、肠粉、奶黄包、菠萝包、榴莲酥等，美好的一天从早茶开始。即便等翻台，也心甘情愿。

广州人嗜好饮茶。早上见面打招呼就是问"饮左茶未"，以此作为问候早安的代名词，可见对饮茶的喜爱。饮茶是广州人的一个生活习惯，也是"食在广州"的一大特色。广州人所说的饮茶，实际上指的是上茶楼饮茶，不仅饮茶，还要吃点心，被视作一种交际的方式。广州的茶楼与茶馆的概念也不尽相同，它既供应茶水又供应点心，而且建筑规模宏大，富丽堂皇，是茶馆所不能比拟的。因此，广州人聚会、谈生意、业余消遣，都乐于上茶楼。一壶浓茶几件美点，三三两两聚在一起，边吃边谈，既填饱了肚子、联络了感情，又交流了信息，甚至谈成了一桩生意，实在是一件惬意的事情。

广州人饮茶并无什么礼仪上的讲究。唯独在主人给客人斟茶时，客人要用食指和中指轻叩桌面，以致谢意。据说这一习俗，来源于乾隆下江南的故事。相传乾隆皇帝到江南微服私访，有一次来到一家茶馆，兴之所至，竟给随行的仆从斟起茶来。按皇宫规矩，仆从是要跪受的。但为了不暴露乾隆的身份，仆从灵机一动，将食指和中指弯曲，做成屈膝的姿势，轻叩桌面，以代替下跪。后来，这个消息传开，便逐渐演化成了饮茶时的一种礼仪。这种风俗至今在岭南及东南亚依然十分流行。

广州的茶市分为早茶、午茶和晚茶。早茶通常清晨 4 时开市，晚茶要到次日凌晨 1—2 时收市，有的通宵营业。一般地说，早茶市最兴隆，从清晨至上午 11 时，往往座无虚席。特别是节假日，不少茶楼要排队候位。饮晚茶也渐有兴盛之势，尤其在夏天，茶楼成为人们消夏的首选去处。不过，广州人在闲暇时也以在家里饮"功夫茶"为乐事。"功夫茶"对茶具、茶叶、水质、沏茶、斟茶、饮茶都十分讲究。功夫茶壶很小，只有拳头那么大，薄胎瓷，半透明，隐约能见壶内茶叶，杯子则只有半个乒乓球大小。茶叶选用色香味俱全的乌龙茶，以半发酵的为最佳。放茶叶要把壶里塞满，并用手指压实，据说压得越实茶越醇。水最好是要经过沉淀的，沏茶时将刚烧沸的水马上灌进壶里，开头一两次要倒掉，这主要是出于卫生的考虑。斟茶时不能满了上杯斟下杯，而要不停地来回斟，以免出现前浓后淡的情况。饮时是用舌头舔着慢慢地品，一边品着茶一边谈天说地，这叫功夫。功夫茶茶汁浓，碱性大，刚饮几杯时，会微感苦涩，但饮到后来，会愈饮愈觉苦香甜润，使人神清气爽，特别是大宴后下油最好。

游滕王阁

滕王阁因唐太宗李世民之弟——滕王李元婴得名，位于南昌市赣江畔，是"江南三大名楼"之一。屡毁屡建，今日之滕王阁为1989年重建，与古貌相比更为气派。滕王阁始建于唐永徽四年，为当时任洪州都督的唐高祖李渊之子李元婴所建。竣工后，阁公聚集文人雅士作文记事，途经于此的王勃就是于此时写下了其代表名篇《滕王阁序》，并由此令滕王阁名扬四海。现在的滕王阁是1985年按照梁思成绘制的《重建滕王阁计划草图》重建，是南昌市的标志性建筑之一。

滕王阁主体建筑净高57.5米，建筑面积13000平方米。其下部为象征古城墙的12米高台座，分为两级。台座以上的主阁取"明三暗七"，即从外面看是三层带回廊建筑，而内部却有七层，就是三个明层，三个暗层，加屋顶中的设备层。新阁的瓦件全部采用宜兴产碧色琉璃瓦，因唐宋多用此色。正脊鸱吻为仿宋特制，高达3.5米。勾头、滴水均特制瓦当，勾头为"滕阁秋风"四字，而滴水为"孤鹜"图案。台座之下，有南北相通的两个瓢形人工湖，北湖之上建有九曲风雨桥。楼阁云影，倒映池中，盎然成趣，漫步其中，令人心旷神怡。

走进大厅，扑入眼帘的是一幅汉白玉浮雕——《时来风送滕王阁》。这是根据明朝冯梦龙所著《醒世恒言》中的名篇《马当神风送滕王阁》的故事而创作的，浮雕主体部分，王勃昂首立于船头，周围波翻浪涌，表现王勃借神力日趋七百里赶赴洪都的英姿。画面右边为王勃被风浪所阻，幸得中源水君相助的情景，左边为王勃赴滕阁胜会，挥毫作序的场景。整个构图采用时空合成的现代观念，将不同时间、地点、人物、故事融合在同一个画面，以传统雕塑手法，并通过朦胧灯光的处理，把我们带入幽远迷人的意境中。

主阁一层檐下有四块横匾，正东为"瑰伟绝特"九龙匾，内容选自韩愈的《新修滕王阁记》。正西为"下临无地"巨匾，南北的高低廊檐下分别为"襟江""带湖"二匾，内容均选自王勃的《滕王阁序》，以上四匾均是生漆为底贴金匾额。由正门入阁，门前红柱上悬挂着一副 4.5 米长的不锈钢拱联："落霞与孤鹜齐飞，秋水共长天一色"，此乃毛泽东同志生前手笔。江泽民同志 1989 年和 1995 年两度登阁时，曾在这里久久驻足观赏，并与导游员一同吟诵《滕王阁序》。

王勃的《滕王阁序》脍炙人口，传诵千秋。文以阁名，阁以文传，历千载沧桑而盛誉不衰。自王勃的"千古一序"之后，王绪曾为滕王阁作《滕王阁赋》，王仲舒又作《滕王阁记》，传为"三王记滕阁"的佳话。后大文学家韩愈又作《新修滕王阁记》，由此王勃、韩愈等人开创了"诗文传阁"的先河。

登岳阳楼

岳阳楼位于湖南省岳阳市古城西门城墙之上，下瞰洞庭，前望君山，自古有"洞庭天下水，岳阳天下楼"之美誉，与湖北武昌黄鹤楼、江西南昌滕王阁并称为"江南三大名楼"。1988 年 1 月被国务院确定为全国重点文物保护单位。

三醉亭位于岳阳楼北侧，与南侧的仙梅亭遥相呼应因传说中吕洞宾三醉岳阳楼而得此名，占地面积为 135.7 平方米，高 9 米，为二层二檐。顶为歇山式，红柱碧瓦，门窗雕花精细，三醉亭也和岳阳楼一样属纯木结构。门上雕有回纹窗棂，并饰有各种带有传奇故事的刻花。一楼楼屏上是由岳阳楼管理处殷本崇绘制的吕洞宾卧像。

而仙梅亭位于岳阳楼南侧，为岳阳楼主楼辅亭之一，与三醉亭相对应。仙梅亭呈六边形，二层三檐，檐角高翘，纯木结构，玲珑雅致。亭子占地面积 44 平方米，高 7 米，上盖绿色琉璃瓦。据说明崇祯十二年（1639 年），岳州推官陶宗孔主持重建岳阳楼，于楼基砂石中得石一方，去其泥水，显出二十四萼枯梅一枝，时人以为神物，称之"仙梅"，乃建亭，置石其中，名"仙梅亭"。到清乾隆四十年（1775 年），岳州知县熊懋奖重建岳阳楼时，在遗址上复建其亭。

接下来的怀浦亭占地 40 平方米，高 7 米，四根水泥铸构的大柱，四周环以栏杆。小亭上部为纯木结构，亭中竖有石碑一方，正面刻着杜甫的画像和《登岳阳楼》诗，背面刻着他的生平事迹。北面檐下悬挂着一块樟木匾额，"怀甫亭"三个字苍劲古朴。当年杜甫流落巴陵,虽贫穷潦倒,仍为岳阳后人留下了《登岳阳楼》等不朽诗篇,后卒于岳阳。1962年为纪念唐代伟大的诗人杜甫诞辰1250周年,世界和平理事会公布其为"世界四大文化名人"之一,岳阳人民为纪念杜甫在岳阳楼下临湖平台南侧修建此亭。

小乔墓在岳阳楼北面。据光绪《巴陵县志》引明《一统志》载:"三国吴二乔墓,在府治北。吴孙策攻皖,得乔公二女,自纳大乔,而以小乔归周瑜,后卒葬于此。"又引《戊申志》载:"墓在今广丰仓内,或小乔从周瑜镇巴丘,死葬焉,大乔不应此。"《巴陵县志》又载:"瑜所镇巴陵在庐陵郡,非今巴丘。"又裴注解《三国志》称:"瑜留镇之巴丘,为庐陵郡巴丘县(今江西省境内),瑜病卒之巴陵,为晋荆州长沙郡巴陵县(即今岳阳市)。"

小乔墓地一带,传为三国周瑜军府。墓顶植女贞二株,坟前墓碑高约一米,上书"小乔之墓"。《巴陵县志》载:"嘉庆二年,知府沈延瑛重修。"传闻光绪七年(1881年),督学陆保宗重新修建,并在冢上重植女贞二株。1993年又于墓南侧增建小乔墓庐,四周建有围墙,墓园内照壁,正面刻有:"遥想公瑾当年,小乔初嫁了,雄姿英发。"墓冢圆形封土堆,墓周有游道,并增加石栏护围。园内建筑,为砖木结构,覆以青色琉璃,具有江南园林风格。

岳阳楼主楼高19.42米,进深14.54米,宽17.42米,为三层、四柱、飞檐、盔顶、纯木结构。楼中四根楠木金柱直贯楼顶,周围绕以廊、枋、椽、檩互相榫合,结为整体。作为江南"三大名楼"中唯一保持原貌的古建筑,其独特的盔顶结构,更是体现古代汉族劳动人民的聪明智慧和能工巧匠精巧的设计和技能。

后记

《南湖夜话》书名源于我对东湖的情怀。东湖景区秀山丽水，曲堤凌波、朱碑耸翠、天坛晨曦、翠帷蕴谊等景点构成了一幅自然的"山水画"。这里的历史遗迹众多，楚城、楚市、楚天台、离骚碑、楚才园，使我激情满怀。

书中的作品，既有对人生的思悟，也有在旅游途中的感怀。其中记述的人物，都是我的挚友或有过交往的人。这些人学有专攻、文采斐然，与我志趣相投，在我们的圈子里，推心置腹，无话不说。

在此要说明的是，《著名剧作家习志淦》一文，参考并引用了何怡在中南财经大学的硕士学位论文《论习志淦的喜剧艺术》的观点和有关内容;《湖北省京剧院的前世今生和"鄂派"京剧》一文，参考并引用了李宇翼在中国戏曲学院的硕士学位论文《习志淦剧作研究》的相关内容。在此，一并表示感谢。

刘定富　敬记

2024 年 3 月 5 日于松涛书斋